KB093877

구름카페문고·31

새꿈

⑩ 문학관books

새꿈
●

인쇄일 · 2023. 10. 25.
발행일 · 2023. 10. 30.
지은이 · 현정원
펴낸이 · 이형식
펴낸곳 | 도서출판 문학관

등록일자 | 1988. 1. 11
등록번호 | 제10-184호
주소 | 04089 서울시 마포구 독막로 28길 34
전화 | (02)718-6810, (02)717-0840
팩스 | (02)706-2225
E-mail | mhkbook@hanmail.net

copyright ⓒ 현정원 2023
copyright ⓒ munhakkwan. Inc, 2023 Printed in Korea

책값 · 10,000원

ISBN 978-89-7077-655-2   03810

구름카페문학상 수상자

구름카페

어릴 적 곧잘 그리던 하늘이다. 파란색 크레파스에 흰색을 섞어 빈틈이 보이지 않도록 힘을 주어 칠하던 도화지 속 하늘. 새파란 하늘에 뭉게구름이 떠간다. 바람에 실려 천천히 흘러가는 구름이 솜털같이 희다. 온 세상의 민들레 꽃씨가 일제히 날아오르면 저런 예쁜 구름이 될까? 솜사탕을 몇 개 모으면 저렇듯 보드라운 구름을 만들 수 있는 걸까? 아니, 언젠가 수족관에서 본 앙증맞은 해파리들이 하늘로 수학여행 간 것은 아닐까?

식구들이 모두 나가 텅 비어 버린 집안에서 아침 일을 마치고 만끽하는 혼자만의 시간, 거실 소파에 길게 누워 돌담 위의 하늘을 바라본다. 밀려오는 나른함에 몸과 마음이 솜처럼 풀어진다. 조그만 새 한 마리가 날아 내려와 여린 날개를 턴다. 포롱 포로롱, 새의 깃털에는 창공 높은 곳의 구름향이 배어 있을 것 같다. 코를 간질이는 바다냄새, 수풀냄새, 사막냄새는 바로 새가 날라 온 구름향이리라.

하늘과 구름과 새, 그리고 마당에 핀 문주란 흰 꽃…. 어딘가가 닮은 듯싶은 이들을 바라보다 언젠가 들었던 아프리카 가나의 아름다운 전설을 떠올린다. 옛날에는 하늘이 땅과 맞닿아 있어 사람들이 위대한 신과 함께 행복했다고 한다. 그들이 아름다운 천상의 음식, 구름을 손으로 집어 먹으면 마음이 온통 구름으로 가득 차, 몸마저 하늘로 두둥실 떠올랐다고. 그러나 구름을 잡는 것은 매우 힘든 일이었는데 우선 마음이 깨끗해야 했고 파란 하늘에 유혹당하지 않도록 조심해야 했단다. 절대로 하늘을 베어 먹어서는 안 되기 때문이었다.

쏴아 쏴아아, 매미들의 합창을 타고 스르르 공상 속으로 빨려든다. 내 몸이 하늘로 둥실 둥실 떠오른다.

구름카페. 햇빛과 달빛과 별빛으로 조명을 하고 새털 강아지 고래 꽃 모양 구름으로 장식을 한 구름 위 카페에 내가 있다. 소금쟁이만큼 가벼워진 내가 미끄러지듯 구름 위를 걸어 구름 소파에 가 앉는다. 아마도 세상에서 최고로 푹신하고 편안한 소파이리라. 햇살을 환하게 반사하며 에메랄드빛으로 반짝이는 카페를 둘러본다. 신비하고 아름답다. 달빛 속 은빛 카페는 또 얼마나 멋질까. 저녁노을 붉게 타오를 때의 호박빛 카페는 또 어떻고… 무슨 차를 마실지, 즐거운 고민을 하다 맑은 날씨에 어울리는 먹구름 차를 주문한다.

구름카페는 피어오르는 뭉게구름처럼 너와 나의 구별 없이 옹기종기 다정하고 즐거운 곳이다. 불만과 불평, 비난 같은 것들이 무채색처럼 아련해지고 모든 경계가 풀어헤쳐져 희미해져 버리는 곳이다. 무한히 펼쳐진 하늘이 흰 구름과 검은 구름을 동시에 품듯, 서로 다름이 인정되고 개인과 우리가 동시에 존중받을 수 있는 곳이다. 웅장한 천둥소리와 같은 용기가 격려되고 번개처럼 번뜩이는 실험 정신이 사랑받는 곳이다. 구름카페는 그리운 사람을 만나 정겨운 대화를 나눌 수 있는 곳이기도 하다. 구름주스 한 모금을 마시고 만나고 싶은 사람의 이름을 살짝 부르면 된다.

구름 테이블 위에 손을 올리고 턱을 괸 채 창밖을 바라본다. 아아, 구름을 타고 벗들이 다가온다. 반가워….

휴가 중 전화를 받았습니다. 땡볕에 여수 선암사를 돌아볼 때였어요. 제게 구름카페 문학상을 주시겠다는 내용이었지요. 뛸 듯이 기쁘고 가슴 깊이 감사하면서도 얼떨떨했습니다. 왠지 무안하고 스스로 어색하기까지 했어요. 생각지 않았던 일이었 거든요. 덕분에 제대로 인사를 드리지 못했습니다. 뒤늦게 진심을 담아 꾸우벅 큰 절 올립니다. 늘 좋은 시선으로 바라봐 주시고 응원해 주시는 윤재천 교수님과 선배님들과 문우들, 또 후배님들께요.

집으로 돌아와 새삼 제 책들을 들춰 보았습니다. 고만고만한 글들이 아롱다롱 담겨 있더군요. 어이없는 건 시시하고 하찮고 사소한 제 이야기를 읽는 제가 슬그머니 미소를 지었다는 거예요. 과거의 제가 조금은 애틋하고 신선하게 다가왔던 때문이지요. 심지어는 다른 사람 같기도 했어요. 사실 생각해 보면 다른 사람 아니, 달라진 사람인 것 맞지요. 『엄마의 날개옷』에서 부터 『아버지의 비밀 정원』, 『제주 2년 그림일기』를 쓰고 엮는 십여 년 동안 제가 얼마나 많이 변했게요.

글을 쓴다는 게 이렇게나 좋구나 싶었습니다. 당시의 마음과 순간의 감정들을 먼 훗날 들여다볼 수 있으니까요. 마법의 차나 비스킷 없이도 말이지요. 각각의 글을 쓰며 불러낸 그래서 문장과 단어에 담아 놓은 아득히 먼 시간의 저는 물론, 글을 쓰고 책을 엮던 당시의 저까지도요. 이야기 속 여러 인물들과 벌이던 다양한 사건들과 함께요.

책은 4부로 엮었습니다. 발간 순서에 따라 1, 2, 3부를 나누고 각 책에서 일곱 편 정도의 글을 뽑아 실었습니다. 4부는 문예지에는 발표했으나 단행본으로 엮지 않은 글 중 몇 편으로 꾸몄습니다.

제주 판포에서 현정원 올림

| 차 례 |

3부 제주 2년 그림일기

4부 새꿈

1부

엄마의 날개옷

지저귐

시아버지를 모시고 시누이 가족과 함께 방콕과 파타야 등지를 여행했다. 화려한 궁궐이나 그림 같은 바다를 보며 얼마나 감탄하고 신나했었는지! 하지만 지금 내 머릿속에 가장 인상 깊게 떠오르는 것은 그런 것이 아니다. 그것은 마사지다. 아니 마사지실에서의 이상한 체험이다. 아버님은 옵션 상품으로 끼어 있던 태국마사지를 무척 좋아하셨다. 덕분에 여행 중 기회만 닿으면 마사지를 받았다.

그날은 특별히 한방 마사지를 받기로 한 날이었다. 자리옷으로 갈아입고 시누이와 이웃하여 라텍스 위에 누웠다. 사람 좋아 보이는 중년 여자가 머리맡으로 다가와 '안녕하세요' 하며 웃었다. 무척이나 어색한 억양에 나 또한 저절로 웃음이 나왔다. 곧 마사지가 시작되었다. 그녀가 한약재를 넣은 주머니로 몸의 여기저기를 눌러 주었다. 마사지를 처음 받을 때는 근육 여기저기가 아팠는데 익숙해져서인지, 한방 마사지여서인지, 그날은 편안하고 시원했다. 그리고 곧 습한 공기 속을 떠다니는 한방차 향내에 취하기라도 한 듯, 정신이 아득해졌다.

숲 향기가 온 사방을 진동하고 있었다. 나는 커다란 나무 그늘 아래 누워 나뭇잎 사이로 반짝이는 햇살을 바라보고 있었다. 눈이 부셔 눈을 감았다. 아늑하고 나른했다.

"쓰르쓰르카카, 쓰르쓰르카카."

어디선가 은은한 소리가 들려왔다. 마치 나뭇잎들이, 잔가지들이, 서로 제 몸을 비비며 내는 듯한…. 소리가 점점 가깝게 다가왔다. 아, 그것은 나무가 내는 소리가 아니었다. 작은 새들의 경쾌하고 부드러운 지저귐이었다. 언뜻 마사지를 받고 있었다는 생각이 머리를 스쳤다. 살짝 눈을 떠 보았다. 마사지사가 놀란 얼굴로 '아퍼?' 했다. 마사지를 시작하기 전 강도를 묻기에 '세게'라 말했는데 지나쳤을까 염려하는 눈치였다. '아니'라고 고개를 저었다. 그리고 나서는 한동안 아무런 소리도 들리지 않았다.

다시 소리가 들려오기 시작했다. 이제 보니 내가 들은 소리는 두 사람이 주고받는 속삭임이었다. 조그맣게 읊조리는 가늘고 나직한 대화였다. 이들은 이렇게 감미로운 소리로 무슨 얘기를 하고 있는 걸까. 귀를 기울여 들어 봤지만 알 리 만무했다. 살포시 잠이 왔다. 랩의 리듬처럼 경쾌한, 피아노소나타의 선율 같이 은은한, 지저귐이 내 귀를 간질이기 시작했다.

두 사람의 음성이 특별히 미성이었을까? 아니면 태국 언어가 가지고 있는 5성의 성조 때문이었을까? 어쩌면 그들의 어여쁜 미소 때문에? 태국 사람들은 눈만 마주치면 온 얼굴로 활짝 웃곤 했다. 그들의 환한 미소를 보면 생각지 않았던 귀한 선물을 받은 것처럼 쑥스럽고 기뻤다. 그 미소에서는 '스미마셍'을 연발하는 일본 사람들의 겸양과는 또 다른 긴 여운이 전해졌다.

지금도 그때의 그 느낌이 몸에 생생하다. 말할 수 없이 편안하고 나른했던…. 혹시 그날 사람의 말소리를 지저귐으로 들은 것은 내가 두 사람이 나누는 대화의 의미를 알 수 없어서였지 않았을까? 내가 태국 언어를 알고 있었다면 대화의 내용에 집중하느라 다른 것을 느껴볼 여지가 없었지 싶다. 가령 새를 생각해 보더라도, 새가 지저귀는 것은 한 수컷이 다른 수컷에게 자기 영역이니 들어오지 말라는 경고를 하기 위함이라고 들었다. 또는 자기가 수컷임을 암컷에게 알리는 구애의 소리라고도. 그러니까 새들의 지저귐은 '이봐 꺼져' 아니면 '날 좀 봐요, 이만하면 나 멋지지 않나요?'인 것이다. 그러니 우리가 새의 말을 알아듣는다면…? 상상만으로도 시끄럽다.

그렇다. 그날 눈을 감은 내게 들려오던 이방의 언어는 다른 생명체가 자기 몸으로 연주하는 음악에 다름 아니었다. 의미를 지움으로 의미에 가려진 아름다움을 발견한 것이라 할까. 미술로 치자면 추상화 감상과 같이.

화가 유영국이 생전에 그의 중학생 아들과 나누었다는 대화가 생각난다.

"아버지는 왜 남들이 이해 못하는 추상화만 그리세요?"

"추상은 말이 없잖니. 설명도 필요 없고 보는 사람이 보는 대로 이해하면 되는 거지."

그러니까 나는 그날 추상음악을 들은 것이다, 듣는 사람이 들리는 대로 이해하면 되는. 가만 우리말을 모르는 외국 사람이 내 말을 들으면 무엇을 연상할지 모르겠다. 우리말에는 성조가 없고 내 음성이 특별한 억양이나 강세를 갖고 있지 않으니… 혹시 내 말소리를 나무를 쪼고 있는 딱따구리 소리로 듣는 것은 아닐지…. 딱따닥 따다다닥?

카멜레온

카멜레온에게 홀딱 반한 적이 있다. 동화책에 삽화로 그려진 녀석의 모습이 몹시도 앙증맞은 데다, 뒤죽박죽 엉망진창을 만들고 마는 녀석의 하는 짓이 재미있어서였다. 개암을 반으로 잘라 붙여 놓은 듯이 툭 튀어나와 있는 눈하며 갈비뼈가 고스란히 내비치는 등, 동그랗게 둘둘 말려 있는 기다란 꼬리, 심지어는 나뭇가지를 야무지게 잡고 있는 녀석의 하트 모양 발가락까지 모든 게 맘에 들었다. 아기의 꼭 쥔 손을 볼 때처럼 그 발가락들을 하나하나 펴보고 싶어 안달이 날 정도로. 하다못해 녀석의 느리디 느린 행동거지도 좋았다.

순둥이 카멜레온, 느림보 카멜레온. 사실 내가 카멜레온에게 붙여준 이런 별명들은 종종 남편으로부터 내 자신이 듣는 말이기도 하다. 그러고 보면 내가 녀석에게 끌리는 것은 동류의식인지도 모른다.

한 가지 유감이라면 녀석의 식사 예절이 별로라는 것이다. 녀석의 동영상을 보고 깜짝 놀랐다. 가지를 잡은 채 데룩데룩 눈망울만 굴리던 녀석이 갑자기 시선을 고정시켰다. 무슨 일인가가 일어나는가 싶더니 녀석의 입에 나비가 물려 있었다. 녀석이 자기 혀를 화살 쏘듯 날려 혀끝에 먹잇감을 붙인 뒤 자기 입 속으로 되가져온 것이었다. 전광석화와 같은 속도였다. 녀석이 입 속에 그렇게 긴 혀를 숨기고 있을 줄이야! 먹이를 채는 녀석의 혀가 꼭 요요처럼 보였다. 녀석이 나비를 와자작와자작 씹어 먹었다, 자기 입보다도 큰 나비를. 내가 녀석에게 빠져 있다고는 하지만, 녀석에게 동류의식을 느낀다고는 하지만, 이 식사 예절만은 아닌 것 같다. 교양을 중시하는 나는 입보다 큰 음식은 잘라 먹고 씹을 때 꼭 입을 다물기 때문이다.

녀석의 외모에 반하는 바람에 외모부터 말했지만, 사실 카멜레온하면 보호색이랄까 자기의 몸 색깔을 바꾸는 신비한 능력을 먼저 말해야 하는 건지도 모른다. 녀석은 멜라닌 색소포를 가지고 있는 세포에 색소를 집중시키거나 분산시키는 메커니즘으로 몸의 색깔을 바꾼다. 엄밀히 바꾸는 것은 아니다. 바뀌는 것이다. 녀석의 몸 색깔이 변화하는 것은 감정 상태나 빛 온도 등의 환경요인에 자율신경계가 작용해서 일어나는 현상이기 때문이다.

몸 색깔을 자주 바꾸는 바람에 녀석은 믿지 못 할 놈이니 기회주의자니 심지어 변절자라고까지 불린다. 녀석, 자신이 그런 별명을 가지고 있다는 것을 알면 억울해할 런지도 모른다. 녀석이 몸 색깔을 바꾸는 것은 비겁하게 남의 눈을 속여 함정을 파기 위함이 아니기 때문이다. 그것은 위험한 환경에 노출된 연약한 느림보가 자기 몸을 숨기려는 가엾은 노력인 것이다. 숫제 녀석을 처세의 달인이나 임기응변의 왕으로 부르면 어떨까? 아니 이 별명도 녀석에게 어울리지 않는다. 주변 환경에 자기 자신을 동화시켜 스스로가 환경이 되어버리는 녀석에게 무슨 처세가 있고 임기응변이 있겠는가.

내가 한 마리의 카멜레온이 되는 상상을 해본다. 눈이 부시도록 햇살이 아름다운 날이다. 몸에 온통 파랑 물이 들어 있는 내가 나뭇가지 위에서 눈동자를 굴리고 있다. 사실 나는 사냥에 있어 여직 풋내기 신세를 면치 못하고 있다. 내 몸이 이 꼴이 된 것도 애벌레를 따라가다 호수에 빠져버려서다. 다행히 나뭇잎에 기어오를 수 있어 간신히 목숨은 건

졌지만 어찌나 무서웠던지 내 몸이 온통 파란색이 되고 말았다. 내가 살고 있는 이 숲에서는 파랑색이 유행된 적이 한 번도 없다. 겁쟁이의 색, 바보의 색이기 때문이다. 언뜻언뜻 빈정거리는 듯한 시선이 느껴지면 아무리 당당한 척하려 해도 저절로 몸이 움츠러든다. 그래서인지 이 치욕스런 파랑이 몸에서 가시지를 않는다. 사냥도 서툰 내가 파란 몸으로 녹색의 숲에서 살아간다는 것은 무척 고달픈 일이다.

　조금 전 우연히 마주친 한 노인으로부터 신기한 이야기를 들었다. 저기 언덕을 넘어가면 바다의 요정 네레이스가 그녀의 파란 머리카락을 출렁거려 만들어냈다는 바다가 있고 그 바다 촌에서는 파랑색 카멜레온이 존귀하게 추앙받는다는 것이었다. 몸 색깔로 비천과 존귀를 가르는 세태가 이해되지는 않았지만 그 말을 듣는 순간 내가 살 곳은 그곳이지 싶었다. 가슴 속에 욕망이 생겨서일까? 내 몸에 노란색 반점이 희미하게 생겼다. 파란 몸을 유지한 채 그곳에 가려면 먼저 욕망을 가라앉혀야 할 듯싶다. 그리고 길을 가며 가끔 파란 호수에 몸을 비추거나 파란 하늘로 몸을 솟구쳐야 할 것 같다. 아, 그런데 존귀한 카멜레온이 되면 너무 기쁜 나머지 내 몸이 온통 황금색으로 변할지도 모른다. 그렇게 되면 어떡하지? 당황해서일까, 내 몸이 순간적으로 새빨갛게 물들어 버렸다!

안느 바리숑의 『THE COLOR』[1]에서 카멜레온이 언급된 부분을 읽다 깜짝 놀란다. 죽은 자의 영혼으로부터 산 자를 지켜 준다는, 붉은 실이 가진 신비한 능력을 언급하는 부분에서다.

21세기 초까지도 모로코에는 아주 영험한 전통부적이 전투에 나가는 전사를 보호해주었다고 한다. 그것은 카멜레온을 죽여서 내장을 제거한 다음, 고수 씨를 이용해 방부처리를 하고, 붉은 비단실로 터진 부분을 다시 꿰맨 것이었다. 전사는 이렇게 만든 카멜레온 부적을 자신의 오른쪽 어깨 위에 붙이고 전투에 나가는 것이다.

아들을 군대에 보내고 얼마 되지 않아서일까, 전사를 보호하는 부적이라는 말을 쉽게 읽어 넘길 수 없다. 카멜레온 부적이라니, 하필이면 그들은 그 느림보 순둥이로 부적을 만들 생각을 했을까?

아아, 알았다. 카멜레온 부적은 용맹하게 싸워 전공을 세우라는 부적이 아닌 게다! 그것은 좀체 적의 눈에 띄지 말기

---

1) 『THE COLOR, 세계를 물들인 색』, Anne Varichon, 채아인 역, 이종문화사, 2012

를, 어떻게든 살아서 돌아오기를 기원하는 부적인 게다! 사납고 용맹하기로 이름난 사자나 호랑이의 무엇을 이용해 만든 부적이었다면 이렇게까지 감동스럽지 않았을 것이다. 카멜레온 부적에 담겨진 겸손한 염원, 비겁하기까지 한 애끓는 소망에 이렇게 절절히 동감할 수 있는 나는…. 카멜레온과 확실한 동류임이 재삼 깨달아지는 순간이다.

엄마의 날개옷

친정엄마가 전화를 했다. 보여줄 것이 있으니 집으로 오란다. 안 그래도 친정에 갈 때가 됐다고 동생과 시간을 맞추고 있었는데 잘됐다. 그런데 무슨 일일까. 평소 엄마라면 딸들이 친정이라고 와서 쉬지는 않고 일만 한다며, 숫제 약국 하는 언니네 집에서 만나자 했을 텐데 말이다.

아침 일찍 서둘러 집을 나선다. 어찌하다 보니 친정에 갔다 온 지 한 달도 더 됐다. 동생과 함께 현관에 들어선다. 현관에는 엄마 아버지의 신발 서너 켤레가 뒤죽박죽 섞여 있고 신발장 앞에는 신문이 수북이 쌓여 있다. 엄마가 환한 얼굴로 달려 나온다. 소파에 앉아 있던 아버지는 어서 오라고 손짓을 한다. 어지르기 대장인 엄마를 대신해 청소와 정리를 해주던 아버지가 허리수술을 한 후부터 집안이 엉망이다. 소파에도 옷과 모자, 수건들이 여기저기 널브러져 있다. 그것들을 옆으로 밀치고 동생과 내가 앉는다. 먼지가 뽀얗게 앉아 있는 탁자 위도 어지럽기는 마찬가지다. 무질서하게 흩어져있는 손톱깎이 면봉 화장품 약통 등에 메모 쪽지들까지 섞여 있다. '아침 먹고 약 먹어야 함', '은행에 가서 세금 내야 함' 등등의 메모는 아버지가 달아나는 기억을 붙잡아 보겠다고 안간힘을 쓴 흔적들이다. 아버지는 몇 년 전부터 치매를 앓아 기억력이 크게 떨어졌다. 다행히 일찍 발견해 약을 쓴 덕분인지 아직 이상한 행동을 하지는 않는다. 아버지의 메모들을 한 장 한 장 모으며 부엌으로 간 엄마를 향해 내가 볼멘소리를 한다.

"엄마, 아버지 메모 그때그때 버려야지, 지난 거랑 새 거랑 뒤섞어 놓으면 어떡해요."

엄마가 쟁반에 커피 잔을 받쳐 들고 걸어오며 어색한 변명을 한다.

"중요한 일부터 하다 보면 그렇게 돼."

중요한 일? 그렇다. 엄마는 중요한 일만 하는 사람이다. 그 중요한 일이란 대개 엄마가 하고 싶은 일이고. 덕분에 엄마가 중요한 일을 하느라 밀쳐놓은 일상, 그러니까 설거지통에 쌓여가는 빈 그릇들과 세탁물, 방안에 흩어져 있는 잡동사니를 치우는 일은 아버지의 일이 되곤 했다. 간혹 내가 툴툴거리며 설거지나 청소를 하고 있으면 엄마는 말했다.

"내가 금방 하려고 했는데, 그냥 두지… 정원아, 청소나 설거지는 중요한 일이 아니야. 그게 중요한 일이었으면 청소경연대회나 설거지대회 같은 게 있었을 텐데, 없잖아. 그리고 엄마가 맘만 먹으면 그런 거, 쓱싹 해내는 거 너도 알지?"

내가 시험을 망치고, 정확히는 학습 분위기를 만들어주지 않은 엄마를 탓하며, 속상해 하고 있을 땐 걱정 말라며 말했다.

"정원아, 살아보니 공부 잘했다고 행복해지는 게 아니더라. 행복하려면 사람을 잘 만나야 해. 사람을 잘 만나려면 매일의 생활을 잘 해야 하고. 그러니 성적에 너무 연연해하지 마. 그런데 네 얼굴이 그게 뭐냐. 엄마랑 마사지나 하자."

지금 생각해 보면 엄마 말이 결코 틀린 말도 아닌데 그때는 왜 그리 약이 오르던지… 사춘기 소녀같이 아슬아슬한 엄마 덕분에 정작 나는 사춘기의 특권(?)이라 할 불안한 방황을 경험할 겨를조차 없다면서 말이다. 그래도 엄마가 자식들을 어른의 권위로 억누르지 않고 친구같이 대해 주는 건 고마워했던 것 같다.

커피를 마시기 무섭게 엄마가 보여 줄 것이 있다며 우리를 안방으로 끈다. 엄마의 급한 발걸음을 따라가며 괜스레 나도 흥분한다. 엄마가 장롱 문을 연다. 장롱 안에는 옷가지들이 생선 내장처럼 뒤엉켜 있고 뒤엉킨 옷들 위로 핑크빛 보자기로 싼 상자가 단정히 놓여 있다. 엄마가 상자를 꺼내 보자기를 푼다. 속이 내비칠 듯 결 고운 연보랏빛 한복이 얌전히 개켜져 있다. 동생이 호들갑이다.

"어머 예뻐라. 근데 엄마 이 한복 언제 입을 거유?"

"이 세상 마지막 순간에 입을 옷이야. 내가 죽으려고 하면 빨리 이 한복으로 갈아 입혀 줘."

순간 동생과 내 눈이 마주친다. 멋내기로 일생을 살아온 엄마다운 생각이 아닌가. 엄마는 지금도 전철을 타면 모든 할아버지들이 자기만 쳐다본다고 생각하는 사람이다. 엄마가 입은 옷이 늘 친구들 간 유행이 된다고 믿는 사람이다.

"그런데 엄마, 우리가 곡하기 바쁘지 그럴 정신이 있겠수?"

"그러니까 내가 미리미리 말해두는 게지."

우여곡절일랑 예쁜 옷으로 덮어버리고 뷰티풀 해피엔딩하자는 것이 엄마의 시나리오인가보다. 난쟁이들에게 둘러싸인 백설공주처럼 애끓는 눈길을 받으며 누워 있는 아름다운 엄마를 그려 본다. 아니 숨겨둔 날개옷을 찾아 입고 하늘로 날아오르는 선녀를 떠올려 본다. 퉁 치듯 대답했지만 엄마의 마지막 소망이 어여쁜 것 같다.

엄마가 너희 것도 있으니 기다리라며 아버지 방에서 쇼핑백 두 개를 들고 나온다.

"어, 이건 뭐유?"

"너희들 외투 좀 샀다. 나중에라도 엄마 생각나면 따뜻하게 입으라고 일부러 겉옷으로 샀어. 아무 말 말고 받아. 너희들 취향 생각해서 고르느라고 내가 애 많이 썼어. 혹시 몰라서 영수증을 함께 넣어 뒀으니 바꾸고 싶으면 바꿔도 돼. 백화점에서 샀으니까 바꾸는 게 어렵지는 않을 게다."

사주는 건 좋은 데 왜 돈이 많이 드는 외투를 샀냐며 쇼핑백을 열어본다. 내 몫으로는 망토 스타일의 낙타색 반코트가, 동생 몫으로는 둥근 칼라가 달린 검정색 반코트가 들어 있다. 자식들 용돈에 의지해 살면서도 이렇듯 거금을 써 댈 수 있는 사람이 우리 엄마다.

옛날부터 엄마는 엉터리 무계획주의자였다. 초등학교 1학년의 어느 날, 아버지가 하던 사업이 망하면서 우리 가족은 산비탈 단칸 셋방으로 이사를 가야 했다. 그때부터 시작된

궁핍한 생활 속에서도 엄마는, 내 어린 눈에도 의아할 정도로, 계획성 없는 살림을 했다. 엄마가 터무니없이 비싼 옷을 사주거나 중국집에서 비싼 요리를 시켜줄 때, 나는 마음껏 즐거울 수가 없었다. 엄마 때문에 아버지의 내 집 마련 5개년 계획이 연장되는 것 같아서였다. 그리고 문갑 속에 숨겨 놓은 고운 옷차림의 엄마 사진을 발견했을 때는 급기야 엄마에게 분통을 터뜨리기도 했다.

결혼을 하고 처음으로 친정에 놀러갔을 때는 엄마가 당부했다.

"정원아, 너는 잘 챙기고 모으고 하는 성격이잖니. 그거 좋은 거 아니야. 저축하지 마라. 돈을 모으려고 애쓰지 마. 돈이란 모으려고 해서 모아지는 게 아니야. 있다가도 없어지고 없다가도 있게 되는 게 돈이다. 네가 야박하게 굴면 주변 사람들이 상처를 입는다. 특히 너는 시부모님 모시고 살아야 하는 사람이니 아예 돈 아낄 생각 마라."

하기는 어려운 형편 속에서 사 남매 모두가 대학을 마칠 수 있었던 것은 엄마의 무모한 낙관주의 때문이었는지도 모른다. 문득 내가 엄마에게 졌구나 하는 생각을 한다. 구시렁거리면서도 결국은 내가, 엄마의 가르침을 따라 엄마처럼 살고 있지 싶어서다.

얘기나 하자는 엄마를 아버지와 함께 털옷 무장시켜 소파에 앉혀 놓고 동생과 나도 허름한 옷으로 갈아입는다. 내가 어질러진 물건들을 제 자리에 돌려놓고 창문과 베란다 문을 열어 집안 곳곳의 먼지를 털어내는 사이 동생은 부엌 물건을 정리하고 싱크대를 소독한다. 내가 바깥 베란다로 나가 쓰레기를 분리하고 타일을 닦는 사이 동생은 방과 거실에서 청소기를 돌리고 걸레질을 한다. 화장실 두 개 치우는 것도 내 몫이다. 그 다음은 함께하는 냉장고 정리. 냉장고의 음식들을 꺼내어 선반을 닦고, 유통 기한 지난 음식 재료들을 골라낸다. 동생과 나는 손발이 척척 맞는 청소 명콤비다. 허리 수술을 하기 전에는 아버지도 곧잘 우리 팀에 끼곤 했었다.

작은 방을 청소하다 그 방 베란다에 내놓은 낡은 옷장을 열어 상자를 꺼낸다. 일전에 엄마가 준비해 놓은 두 분의 마지막 옷, 수의가 들어 있는 상자다. 햇빛과 달빛이 섞여 있는, 겨울 끝자락의 시골 들녘을 연상시키는 수의를 보니, 천안에 있는 공원묘지를 마련하고 좋아하던 엄마의 모습이 떠오른다. 작으나마 아버지가 다시 집을 마련하기까지는 13년이 걸렸다. 집을 사고 얼마 되지 않아 마련한 부동산 2호, 그것은 엄마가 적극적으로 탐색하여 마련한 두 분의 묘지였다. 이제 영원히 쉴 곳을 준비했으니 걱정이 없다며, 너희들도 같이 가서 그 꽃동산을 봐야 했다며, 엄마는 꽤나 만족해 했었다.

아이러니다. 아무리 생각해도 모순이다. 어디 엄마가 미래를 계획하고 그 계획대로 일을 진행시키는 사람이던가. 그런 엄마가 유독 죽음의 문제에서만은 부지런을 떨며 철저히 준비하고 있다. 게다가 세상 이별을 준비하는 엄마의 태도는 왜 이리 신나 보이는 건지…. 혹시 이 한바탕의 지구소풍이 엄마에겐 힘들었던 걸까. 그래서 자꾸만 다른 세상을 엿보는 걸까. 엄마는 쾌락주의 신봉자라 생각해왔는데 오히려 지독한 염세주의자였는지도 모르겠다.

"얘들아 어지간히 해라. 너무 맑은 물에는 고기가 놀지 않는다더라."

갑자기 어깨를 타고 넘어오는 엄마의 말이 더 이상의 상념을 막는다. 혼란 속에서도 독야반짝 빛을 내며 살아온 엄마다. 어쩌면 창조 이전의 혼돈처럼 난해한 엄마의 살림살이에도 당신 나름 정연한 질서가 있는 것인지도 모른다. 이끼가 잔뜩 낀 연못 속에서 우아하게 몸을 흔들며 썩은 수초 사이를 유영하고 있는 금빛 잉어처럼 말이다.

청소를 끝내고 늦은 점심을 고민한다. 엄마가 아주 맛있다며 바비큐 치킨을 먹잔다. 나이를 먹으면 어린애가 된다더니 식성도 바뀌나 보다. 요즘은 두 분이 피자도 자주 시켜 드신다고 한다.

"여보세요. 바비큐 양념치킨 두 마리 시킬게요. 딸들이 놀러 왔거든요. 오늘은 특별히 맛있게 부탁해요."

양념치킨을 만드는 과정이 정해져 있겠구먼, 딸들이 놀러 온 게 무에 그리 대수라고, 엄마가 치킨집 아저씨에게 애원에 가까운 부탁을 하고 있다. 엄마가 이럴 때면 괜히 내가 미안해지곤 한다. 초인종이 울린다. 아저씨가 활짝 웃으며 치킨박스를 내민다.

"따님 왔다고 맛있게 해오라고 얼마나 당부하시던지…. 참 고우신 할머니십니다."

아저씨의 '고우신 할머니'라는 말에 가벼운 충격을 받는다. 딸인 나에게는 엄마의 공주병이 어이가 없지만 다른 사람 눈에는 꼭 그렇지만은 않은가 보다. 어쩌면 엄마의 고운체가 맹탕 엉터리만은 아니라는 생각을 해본다. 그 고운체에는, 진주조개의 조그만 이물처럼 아주 작은 진실의 씨앗이 들어 있지 싶은 것이다.

둘러앉아 서로 권하며 먹는 양념치킨이 정말 맛있다. 기름을 빼서 담백한 데다 간장 맛 소스가 일품이다. 간도 내 입에 딱 맞다. 엄마의 신신당부를 들어준, 고우신 할머니를 위해 특별 배려해준, 아저씨가 고맙다.

"엄마, 아버지 치킨 잘 드시네요. 입맛을 회복하셨나 봐요. 그러고 보니 아버지, 얼굴 참 좋아지셨다. 아무튼 우리 아버지는 대한민국 최고 미남이셔."

"애, 당치도 않다. 미남은 무슨…"

젊은 나이에 돌아가신 외할아버지는 엄마의 우상이다. 아니, 자존심이고 신앙이다. 키도 크고 체격도 좋고 얼굴도 잘생기고 성격도 좋았다던 외할아버지 때문에 아버지만 수난을 겪는다. 내 눈에는 한참 잘생긴 아버지건만 엄마는 아버지의 입이 너무 크다고 헐뜯는다. 순박하고 인정 많은 아버지건만 엄마는 좁쌀처럼 쫀쫀하다고 타박한다. 아버지의 혈액형이 B형인 것도 엄마에게는 흉거리다. 그런 말을 들을 때마다 아버지는 '허허' 웃고 나는 억울해했다. 내가 사 남매중 제일 아버지를 닮아서, 또 내가 혈액형이 B형이어서만은 아니다.

이제 친정 나들이의 하이라이트, 세 모녀의 본격적인 수다와 함께하는 엄마 방 옷장 정리만 남았다. 옷장 정리는 일석다조의 좋은 일이다. 엄마의 패션 감각을 칭찬해주고 이날을 위해 미리 준비해 놓았음직한 작은 스카프나 양말 등을 우연인 양 챙길 수 있기 때문이다. 그런데 오늘은 일이 많았나보다. 기웃 넘어가고 있는 해를 보며 아쉽지만 옷장 정리는 다음으로 미룬다.

"너희들, 오늘 청소하느라 힘 많이 들었을 텐데 전철 타면 사람들한테 자리 양보하지 마. 자리 나면 모르는 척 앉아서 가. 알았지?"

어떤 교훈과도 다른 엄마의 말에 알았다고 하며 엄마의 손을 잡는다. 예비고사 보던 날 새벽길을 걸어가며, 첫 애 낳으러 병원 가던 차 안에서, 내 손을 잡고 쥐었다 폈다 하던 엄마의 손이다. 그 악력을 타고 전해지던 따뜻하면서도 힘찬 엄마의 응원이 생각나, 엄마의 조그만 손을 쥐고 재엠 잼 해본다. 내 손 속의 엄마 손, 속에서 뭔가가 울컥한다. 핑하고 눈물이 돈다.

'엄마가 뭐 저래. 우리 엄마 정말 엄마 맞아?' 엄마의 순진함이 무책임으로 느껴져, 어릴 때 속으로 수없이 묻곤 했던 질문이다. 그 시절의 엄마보다도 훨씬 나이가 많아진 내가 눈물을 쓰윽 닦으며 그 질문에 대답한다.

'그럼, 엄마이고 말고!'

지하철까지 바래다주겠다는 엄마를 억지로 사양한다. 엄

마가 안 보이면 불안해 하는 아버지의 증상이 심해진 것 같아서다.

"애들아, 아빠랑 엄마는 잘 지내고 있으니까 우리 걱정일랑 말고 너희 식구들이나 잘 챙겨. 엄마한테 전화는 자주 하고. 그럼 잘 가라. 담에 또 보자."

아버지가 문 앞에서 손을 흔든다. 아버지는 엄마의 어디가 그렇게도 좋은 걸까. 지금 아버지의 인사에서도 엄마에게 잘하라는 부탁이 진하게 느껴진다. 어려서부터 '아버지는 엄마를 사랑해'라는 말을 귀에 못이 박이도록 들었다. 엄마의 중요한 일에서 밀려난 일들을 묵묵히 감당하며, 엄마를 감싸고 이해해 주던 아버지. 너무도 초라한 왕국이었지만 엄마에게 여왕 못지않은 지위를 선사했던, 백마 탄 왕자님이될 수는 없었지만 엄마의 평생 나무꾼으로 사신 아버지. 현실 감각이라곤 새 눈물만큼도 없는, 그래서 아버지의 진가를 몰라주는 엄마가 미울 때도 있었는데…. 아버지가 기억을 다 잃어버리면, 엄마를 사랑하던 아버지의 마음은 어떻게 되는 걸까.

아버지의 치매가 진행되면서 엄마의 선녀지위가 흔들리고있다. 이미 나무꾼의 시녀로 전락한 것인지도 모른다. 오늘만 해도 아버지의 애정 고백에 진저리를 치던 엄마가 아버지

돌보기를 잘하고 있지 않은가. 스트레스를 받으면 치매가 더 심해진다고 하니 어쩌겠냐는 엄마의 말에 대견함을 느끼는 것은 외람일 게다. 지금 엄마의 가장 중요한 일은 아버지 보살피는 것일까. 요즘은 아버지의 친목 모임에 엄마도 따라간다고 한다. 아버지가 혼자 외출하면 아버지가 귀가할 때까지 불안해서란다. 문득, 엄마의 모성애는 아버지를 향해 가장 예쁜 빛을 발하고 있다는 생각이 머리를 스친다. 그리고 엄마의 날개옷은 고운 한복이 아니라, 무거운 세상에서 엄마를 두둥실 띄워준 아버지의 평생사랑이었다는 생각도….

오이와 포도

신문에서 불공평에 대한 기사를 읽었다. 『침팬지 폴리틱스』의 저자이자 미국 에모리 대학 영장류 연구소 소장인 프란스 드 발Frans de Waal이 그의 동료들과 함께 한 연구이다. 그들은 흰목꼬리말이 원숭이들에게, 돌멩이를 가져오면 그 대가로 오이를 교환해 주는 실험을 했다. 실험 중 연구자들이 규칙을 바꿔 한 원숭이에게만 맛있는 포도를 줬다. 그러자 40%의 원숭이들이 연구자들에게 돌멩이를 가져오는 것을 그만뒀다. 교환 행동을 중단한 것이다. 이번에는 돌멩이를 가져오지 않은 원숭이에게도 포도를 줬다. 그러자 무려 80%의 원숭이들이 자기가 들고 있던 돌멩이를 집어던졌다.

따지고 보면 최초의 교환 조건이 바뀐 것은 아니다. 예외

적 거래가 있었을 뿐이다. 여전히 돌멩이는 오이와 교환되고 있었는데 그럼에도 원숭이들은 돌멩이를 가져오다 말고 멈춰 서서, 심지어는 들고 있던 돌멩이마저 집어던진 것이다. 연구자들은 이 실험을 통해 무엇보다 참기 어려운 것이 불공평임을 도출해 냈다. 불공평을 해소하기 위해 당장의 손해를 감수할 만큼.

프랑스 드 발의 연구와 비슷한 이야기가 성경에 있다. 천국을 비유한 이야기 중 하나다.

이른 아침 포도원 주인이 나가 하루 일당 일 데나리온의 조건으로 일꾼들을 들인다. 주인은 3시에도 나가 일꾼들을 들인다. 그 후 6시에도 9시에도 11시에도 주인은 일꾼들을 더 들인다. 해가 저물어 품삯을 계산하는데 11시에 온 사람에게 주인이 일 데나리온을 준다. 다른 사람들 모두 그보다 먼저 왔으니 당연히 더 많은 품삯을 받을 것으로 기대한다. 그러나 예상과는 달리 주인은 모두에게 일 데나리온만 준다. 사람들이 항의한다, 어떻게 하루 종일 수고와 더위를 견딘 우리를 나중 와 잠깐 일한 사람들과 같이 취급하느냐며. 주인이 대답한다. "네 것이나 가지고 가라. 나중 온 이 사람에게 너와 같이 주는 것이 내 뜻이니라. 내 것을 가지고 내 뜻대로 할 것이 아니냐. 이와 같이 나중 된 자로서 먼저 되고 먼저 된 자로서 나중 되리라."

열 살 즈음에 이 구절을 처음 읽었던 것 같다. 당시 나는 일한 시간을 기준으로 품삯을 계산해야 공평한 것 아닐까, 하며 마치 내가 아침 일찍 포도원에 와서 일한 일꾼이라도 되는 양 분개했다. 하지만 '내 것을 가지고 내 뜻대로 한다'는 데야 어쩌랴, 그것도 신이. 따지고 보면 주인이, 나중 온 일꾼에게 생각보다 좋은 대우를 해준 것일 뿐, 약속을 어긴 것은 아니었다. 오랫동안 이 이야기가 내 머릿속에서 떠나지 않았다. 어쩌면 어린 내가 철학했던 첫 주제였는지도 모른다.

공평이 뭘까? 국어사전에는 '어느 한쪽으로 치우침이 없이 고름'이라 씌어 있다. 과연 이 세상에 어느 한쪽으로 치우치는 일 없이 엄정 고르게 되는 일이 있을까? 불공평의 문제를 연구하기 위한 프란스 드 발의 실험에도 몇 가지 문제점은 있어 보인다. 그의 연구가 공평을 정확히 재려면 흰목꼬리말이 원숭이의 입맛이 모두 같아야 했다. 가령 포도보다 오이를 좋아하는 원숭이가 많았다면 실험 결과의 신뢰성에 문제가 생길 것이다. 또 돌멩이를 가져오는 행동을 노동이라 생각하지 않고 놀이라 생각하는 원숭이가 있었다면 그 녀석의 놀이정신도 실험을 방해했지 싶다. 우리 집 강아지

해피만 해도 포도보다 오이를 즐겨먹고 쓸데없이 장난감 던져 물고 오기를 좋아하기 때문이다. 그러니 조금 억지스럽게 말하자면 돌멩이를 던지지 않고 끝까지 교환 활동을 계속한 원숭이 중에는 포도보다 오이를 좋아하는 녀석과 유난히 왕복 달리기를 좋아하는 녀석, 교환놀이 자체를 좋아하는 녀석이 있을 수 있는 것이다. 그래서 그 녀석들에게는 예외적 거래가 그다지 심각하게 느껴지지 않았을 수 있는 것이다.

만일 내가 프란스 드 발의 실험에 참가한 흰목꼬리말이 원숭이였다면 어떻게 했을까? 어릴 적의 나였다면 교환 행동을 중단한 첫 40%에 속했지 싶다. 청년 시절의 나였다면 돌멩이를 집어던진 80%에 끼었지 싶고. 불공평하다며 담임선생님께 따지다 교단 위에서 손바닥을 맞던 일, 내 일도 아닌 다른 사람의 일로 사장에 맞서다 회사를 그만두게 된 일…. 의협심과 정의감이랄까, 그 비슷한 것이 불타오르던 시절이 내게도 있었다.

질투 비슷한 것도 있었지 싶다. 누구는 얼굴이 참 예쁘다든지 누구는 옷을 멋지게 입는다든지 하며 다른 친구가 칭찬 받을 때면 괜스레 위축되곤 했으니까. 다른 사람에게 호의를 보인 것일 뿐 내게 어떤 악의를 보인 것도 아닌데 말이다. 심지어는 다른 사람이 상을 받을 때 속으로 억지심술을 부리기도 했다. 공평하게 심사됐다면 나에게도 끄트머리 상쯤은 왔을 거라며.

그런데 지금의 나는 아무래도, 끝까지 교환 행동을 계속한 20%인 것만 같다. 남이야 어떡하든 미련스럽게 돌멩이를 집어 들고 가는 원숭이, 저항은 내 할 일이 아니라는 듯 그런 일에 샘이 왜 나냐며 오이를 받아 맛있게 먹는 원숭이가 나일 것만 같다. 그 20%의 원숭이라면 여간한 일로는 다른 원숭이를 부러워하거나 샘내지 않으니 심리적 소모는 없겠다. 또 애정이나 우정에 독점욕을 갖고 있지 않으니 상대를 편하게 해 줄 수도 있겠다. 화를 내거나 항의하는 일이 적으니 다른 원숭이들과 화평할 수도 있겠다.

내가 생각해도 내가 많이 무덤덤하다. 감정이 격하게 어느 한쪽으로 치우치는 일이 별로 없다. 그 불끈하던 성격이 어떻게 된 걸까? 그 샘과 질투는 어디로 간 것일까? 20년 넘게 해 온 시집살이 때문일까, 남자아이 둘을 길러내서일까? 어쩌면 살면서 겪은 크고 작은 실패의 경험 때문인지도 모른다. 어디 세상일이 내 맘대로 되던가 말이다. 아니, 실패의 경험 때문이 아니다. 실패가 실패가 아니었다는 깨달음 때문일 게다. 세상일이란 것이 승승장구 내 맘대로 되어야 좋은 것만도 아니었다.

앞의 성경 구절도 이제는 다르게 생각된다. 어릴 적에는 내가 마치 아침 일찍부터 일한 일꾼인 것처럼 흥분했었는데 이제는 오히려 제일 나중에 와서 같은 품삯을 받은 일꾼처럼 황송하다. 꼭 자기가 준 것만큼만 받는 세상이라면, 꼭 자기가 노력한 것만큼만 이루는 세상이라면, 그 세상살이는 얼마나 힘들까? 세상이 공평무사하게 돌아가지만은 않는다는 것이 얼마나 다행인지…. 천국에 들어가는 것도 상대 평가가 아니라 기준이 높지 않은 절대 평가라니, 그것도 성적순도 아니고…. 어린 나로 하여금 분통을 터뜨리게 했던 바로 그 신의 불공평(?)이야말로 지극히 은혜로운 것임을 이제야 깨닫는다.

가만, 이제 보니 나는 끝까지 교환 행동을 계속한 20%에 속한 것도 아니었다. 나는 오이 대신 포도를 받은 원숭이였다. 아니, 나는 돌멩이를 가져오지 않았는데도 포도를 받은, 바로 그 행운의 원숭이였다.

일상무상日常無常

올 겨울은 왜 이렇게 추운지! 혹독한 추위도 추위지만 방학 중인 아이들의 세 끼니에 매여 바깥나들이는 엄두도 못내고 있었다. 쳇바퀴를 돌 듯 날마다 반복되는 일상, 내 인내에 한계라도 온 걸까? 슬슬 좀이 쑤셔오기 시작했다. 누구 나를 불러내 주는 사람 없나 하던 차에 남편 선배 부인으로부터 전화가 왔다. 유학 시절 멤버들끼리 함께 식사하려하니 꼭 와 달라는 전갈이었다. 반가운 마음에 수첩을 꺼내 살펴봤다. 마침 그날은 아들들도 개학해 학교에 가는 날. 내 친김에 언니네 집에서 친정 식구들과 점심을 먹고 거기서 곧바로 저녁 모임에 가기로 계획을 세웠다.

약속의 날이다. 아이들과 남편을 보내놓고 재빨리 청소를 한다. 내가 없어도 데워 먹을 수 있게끔 저녁 준비도 해놓고 빨래도 걷어 단정히 개어 옷장에 갈무리한다. 이제는 내 외출 준비, 샤워를 하고 시간을 들여 정성껏 화장을 한다. 허리가 잘록한 검정색 원피스 형 상의에 검정색 배기바지를 입고 황금색 체인이 장식된 폭이 넓은 검정 벨트를 허리에 두른다. 내가 봐도 젊고 생기 있다. 거울 속 내 모습에 만족해하며 귀 뒤 쪽과 양 손목에 향수를 뿌린다. 뾰족한 앞코를 에나멜로 덧댄 검정색 하이힐 앵클부츠를 꺼내 신고 현관을 나선다.

오랫동안 차를 쓰지 않아서인지 차가 무척 지저분하다. 기름도 넣고 세차도 할 겸 주유소에 들른다.

"가득 넣어주세요."

호기롭게 외치고 백을 뒤져 지갑을 찾는데, 아뿔싸! 의상에 맞추어 핸드백을 바꾸면서 지갑을 옮겨 넣지를 않았나 보다.

"아저씨, 스톱. 지갑을 안 가지고 왔어요."

아저씨가 벌써 5,000원어치 들어갔다고 난처한 표정을 짓는다. 아저씨에게 핸드폰을 맡기고 집으로 돌아와 지갑을 가지고 다시 주유소로 간다. 마저 기름을 넣고 세차는 포기, 새로운 마음으로 시동을 건다. 신호를 기다리며 핸드폰을 열어 보니 학교에 가 있을 작은아들로부터 부재중 전화가 세 번이나 와 있다.

'이상하다. 무슨 일이지?'

아들이 배가 많이 아파 집에 왔는데 아무래도 병원에 가야 할 것 같다고 한다. 이렇게 되면 친정 모임은 못 가지 싶다. 동생에게 전화를 걸고 집으로 날듯이 달려간다. 급히 아들을 데리고 근처 병원으로 간다. 하지만 때마침 점심시간, 의사가 올 때까지 기다리는 수밖에 없다. 병원 의자에 앉아 불안한 마음으로 의사를 기다린다. 옆에 앉은 아들이 배를 감싸 안은 채 온몸을 오그린다. 얼굴이 검게 굳어 있다.

아들은 결국 의사의 권유에 따라 제부가 있는 큰 병원으로 옮겨져 급성충수돌기 절제 수술을 받았다.

제부의 배려로 내가 초록색 멸균복을 덧입는다. 수술실 옆 회복실, 아들이 침대에 누워 덜덜 떨고 있다. 이 부딪는 소리가 내 귀에 들릴 정도다. 아들의 몸을 모포로 감싸며 내가 발을 동동 구른다. 드디어 아들이 일반 병실로 옮겨진다. 금실 좋아 보이는 노부부가 웃으며 우리를 환영한다. 이제 나는 병실에서 간호사실로 또 탕비실로 뛰어다닌다, 수술환자 보호자로는 도대체 어울리지 않는 차림새로. 두꺼운 금

장식 띠를 허리에 두르고 에나멜 코 하이힐 부츠에 발을 넣을 때 이런 일이 일어날 줄 상상인들 했던가! 내가 바라던 일상으로부터의 일탈은 결코 이런 것이 아니었다.

아들의 자는 모습을 들여다보다 나도 보호자용 침대를 꺼내 눕는다.

어떻게 된 일일까? 간을 3분의 2나 떼어냈다는 아저씨가 주무실 생각을 안 한다. 무슨 얘기를 하시는 건지 두 분이 밤새 소곤소곤, 정답기가 이루 말할 수 없다. 중간 중간 다른 사람 잠 방해하면 안 된다며 복도로 나가시기도 한다. 들어와서는 침대에 잠깐 누웠다가 또…. 물 묻은 솜뭉치마냥 지쳐 있었음에도 나는 잠을 잘 수 없다, 조심하는 두 분의 태도가 안쓰러워 자는 척하기는 하지만.

새벽녘에 잠깐 잠이 든 걸까. 간호사의 기척을 듣고 무거운 몸을 억지로 일으킨다. 다시 이런 상황이 반복되면 내 체력이 못 당하지 싶다. 비어 있는 1인실이 있나 물어볼 겸 일어나자마자 간호사실로 향한다.

아들의 얼굴과 몸을 물수건으로 닦아 주고, 머리를 맞댄 채 밥을 먹고, 병원 내를 한가롭게 산책도 하고… 하루 종일 좁은 공간에 단둘이 있으니 아들이 새삼 정답다. 아픔을 과묵하게 이겨내는 녀석의 모습이 믿음직스럽고 의사와 엄마가 하라는 대로 말 없이 따라 주는 녀석이 고맙기까지 하다.

지난밤은 떼메가도 모를 정도로 푹 잤다. 덕분에 피로도 말끔히 가셨다. 녀석의 상태도 많이 좋아져 이제 제 스스로 세수도 하고 밥도 먹는다. 엎어진 김에 쉬어가려는 걸까. 의사 선생님은 이제 웬만해졌으니 급한 일 있으면 퇴원해도 좋다는데 녀석이 하루 더 있으면 안 되냐고 묻는다. 하긴 녀석, 방학이라고는 해도 숙제가 많아 하루도 편해 보지를 못했으니 쉬고 싶기도 할 게다. 그래 그러자고 대답한다.

수술한 아들과 병실 침대에 누워 일상적이지 않은 시간을 일상처럼 보낸다. 일탈이라 여겼던 병원에서의 생활을 다시 일상처럼 받아들이고 있는 내가 신기하다. 쳇바퀴를 도는 하루하루라 불평했지만 사실 같은常 날이란 없었을 것이다. 일상무상日常無常이라 할까. 같은 날의 반복이라 느꼈던 것은 내 무사태평한 성격에서 오는 은근한 적응력 때문일 것이다. 말하자면 내가 일탈을 일상화시키는 평정심을 갖고 있다는 말씀.

갑자기 다급한 발소리가 복도를 울린다. 문을 열고 복도를 내다본다. 하룻밤을 같이 지낸 바로 그 아저씨가 갑자기 상태가 위급해져 중환자실로 옮기는 중이란다. 아! 내가 철이 없어도 한참 없었다. 일탈은 결코 쉽게 일상화되는 것이 아니었다. 일상에서 일탈된 하루가 그러니까 다난한 하루가 다시금 무난한 일상으로 돌아오려면 큰 행운, 큰 은혜가 있어야 하는 것이었다. 내가 무사태평의 은근한 적응력, 일탈을 일상화시키는 평정심을 가졌다고 말했던가. 그런 어림 반 푼 없는 생각을 했다니! 내가 가진 것은 그런 게 아니었다. 내 그것은 무딤과 무지였다.

망고 씨

아침 청소를 하다 아들 방 책상 위에서 해체된 망고 씨를 발견한다. 양편으로 갈라놓은 미색 껍데기 옆에 그 속에서 꺼냈음직한 커다란 밤색 씨앗 한 알이 버려지듯 놓여 있다. 키친타월 위에 망고 씨 두 개를 올려놓고는 보물인 양 소중히 여기더니, 결국 녀석이 그 하나를 이렇게 만들어 놓은 것이다.

망고는 껍질을 벗기는 것부터 호락호락하지 않았다. 부드러운 육질 때문이었다. 껍질을 겨우 벗기고 옆으로 썰려 하자 이번에는 칼이 들어가지 않았다. 할 수 없이 횟감용 생선에서 등뼈를 발라내듯 씨를 발라냈다. 결국 첫 번째 망고는 엉망이 되고 말았다.

옆에 있던 아들이 그 씨를 달라고 했다. 관찰해보고 싶다는 것이었다. 하긴 내 눈에도 망고 씨는 특이했다. 어릴 적 엄마의 반진고리에서나 보던 직사각의 넓적한 실패 같은 씨앗의 생김새도 그렇고, 씨앗 표면에 붙어 있는 수염 같은 섬유질도 그랬다. 아들이 수염이 지저분하다며 망고 씨를 싱크대에 가져가 씻기 시작했다. 그러나 그 미색 섬유질은 철수세미까지 동원해 애를 써도 한 터럭 떼어낼 수 없었다. 생명을 보호하고픈 이 야무진 구조물의 이 완강한 충성심이라니! 감탄이 절로 나왔다.

곡옥曲玉처럼 생긴 망고 속씨를 손바닥에 올려놓고 가만히 들여다본다. 밤색의 광택이 꼭 유화물감 암바 같이 은은하다. 슬그머니 신라의 유리 목걸이가 생각난다. 신라의 유리 목걸이 중앙에도 꼭 이 씨앗처럼 생긴 유리구슬이 달려 있었다. 광택도 딱 이 정도였던 것 같다. 이 망고 씨로도 예쁜 목걸이를 만들 수 있지 않을까? 줄에 매려면 어떻게 해야 하려나. 아니 아니지, 그래서는 안 될 것 같다. 이 씨앗 속에는 울창한 나무, 풍성한 열매가 들어 있지 않은가. 숫제 이 망고 씨를 심어보는 것은 어떨까. 이 씨앗도 정말 싹을 틔울까? 그래서 커다란 나무로 자랄 수 있을까? 헤르만 헤세가 쓴 『싯다르타』[2]를 읽으며 상상의 망고나무 그늘 속에서 한참을 서성이던 기억이 난다.

새도 배부르지 않을 정도로 적게 먹고는 망고나무 그늘로 돌아가는 것이었다.

나도 배부르지 않게 먹는 새, 미진함을 느껴도 날갯짓으로 그 자리를 뜰 수 있는 새, 푸른 그늘로 날아가 그 그늘 속에 나를 지우는 새가 되고 싶었었다.

망고의 곡옥을 손끝으로 비벼 본다. 납작한 차돌처럼도 보이는 속씨가 의외로 부드럽고 가볍다. 문득 1000년 된 연씨가, 700년 된 볍씨가, 발아에 성공하였다던 기사가 떠오른다. 발아를 기다릴 수 있는 식물의 위대함이라니! 밀려오는 시간에 쫓겨갈 수밖에 없는 우리 인간과는 달리, 식물은 그 시간의 흐름에서 비켜설 줄 안다.

밤색의 망고 속씨를 벗겨 놓은 미색의 껍질 안에 놓아 본다. 씨앗이 자궁 속에 웅크리고 있는 태아 같이 보이는 게, 언젠가 과학책에서 봤던 인간발생 초기 모습을 연상시킨다. 개체 발생은 계통 발생을 반복한다고 주장했던 사람은 에른

2) 『싯다르타』, Hermann Hesse, 박병덕 역, 민음사, 2002

스트 헤켈이었던가? 그러니까 나도 엄마의 자궁 속에서 처음 생성되던 때는 바로 이런 모습을 하고 있었던 것이다.

남은 한쪽의 망고 껍질을 뚜껑 삼아 덮어 본다. 씨껍질에 말라붙어 있는 미색의 섬유질을 쓸어 본다. 이 감촉은 그리고 이 색깔은….

'아아, 어머님의 수의.'

어머님의 수의는 이 망고 씨 껍질처럼 밝은 미색이었다. 제의처럼 행해지던 어머니의 염습 광경이 눈에 선히 떠오른다. 유리 너머에서, 숨을 죽인 채 바라보던 내가 마음으로부터 무너져 내린 것은 어머님의 손과 발이 싸개에 싸여 묶여질 때였다.

'아, 저렇게 손발을 묶으면 어떡해!'

능동성에의 완전한 차단이었다. 모든 운동 가능성이 사라지는 순간이었다. 가슴을 죄는 어찔한 충격이 왔다. 결국 어머니는 미색의 길쭉한 타원의 형태로 마무리되었다. 마치 이 망고 씨처럼….

노년의 어머님은 초겨울의 들꽃 같았다. 풍화되어가는 들꽃처럼 어머님 안의 그 무엇이 조금씩 휘발되어가는 듯했다. 결벽증으로 가꾸던 살림살이에의 관심도, 평생 고운 모습을 유지시키던 정갈한 꾸밈도, 막무가내 고집스럽던 자기주장도 더 이상 어머님께 남아 있지 않았다. 방밖 출입을 삼가면서부터는 침대에 멍하니 누운 채 그렇게 좋아하던 TV드라마도 보지 않으셨다. 아무런 의지도 없이, 불어오는 바람에 이리저리 흔들리는 삭정이만 남은 들풀 같았다.

에너지와 생기를 어디엔가 날려버리고 내게 기대어 스러져 가시던 어머님…. 문득 인간은 동물로 살다 식물로 죽는 것이라는 생각이 든다. 어머님을 땅 속에 심던 광경이 떠오른다. 그래, 심은 것이다. 어머님은 씨앗이 되신 것이다. 나도 흙을 한 삽 떠 어머님의 관 위에 뿌렸었다.

활보의 기억을 보듬어 안고 땅 속에 묻히신 어머님 아니, 씨앗이 되신 어머님. 어머님의 씨앗 속에도 유보된 시간이 담겨 있지 않을까, 생각해 본다. 이 망고 씨에 그러한 것처럼.

탐구생활-그녀

햇볕이 깊숙이 들어오는 이 시간은 나른하게 누워 한가로움을 즐길 수 있는 하루 중 가장 좋은 시간이다. 조용하고 평화로운 집 안에서 들리는 건 그녀가 부엌에서 그릇 씻는 소리뿐…. 행복하다. 집안일을 끝내면 샤워를 하고 비누 향기로 나를 안을 그녀를 기쁜 마음으로 기다린다. 이어지는 그녀의 커피시간, 커피 향과 함께 먹는 맛있는 간식은 상상만으로도 즐겁다.

청소기 꺼내는 소리가 들리는 것을 보니 부엌일이 끝났나 보다. 일단 침대 밑으로 몸을 피한다. 이 시간을 잘 넘겨야 한다. 본능을 따를지 그녀의 일방적인 규칙을 따를지의 양자 선택의 순간에 내렸던 결정이, 아침의 평화를 좌우하기 때문이다. 솔직히 온 집안을 어슬렁거리는 내게 화장실에서만 쉬하기를 바라는 것은 무리다.

어두운 구석에 엎드려 그녀가 청소 끝내기를 기다리고 있자니 그녀와 처음 만나던 날이 떠오른다. 그녀의 친정에서 다섯 형제와 함께 태어난 나는 조그만 이불에 싸여 그녀의 집으로 왔다. 엄마 품이 그리워 밤새 우는 나를 안아 주고 달래 주던 그녀, 그녀 품의 따뜻한 향취. 내 코가 그녀를 찾아 벌렁대던 그날부터 그녀는 나의 엄마 아니, 나의 모든 것이 되었다.

그 모든 것에는 애인도 포함된다. 누구보다도 많은 시간을 함께하는 애인, 하루에도 수십 번 뽀뽀하는 애인. 그런데 그녀의 뽀뽀는 약간의 아픔을 동반한다. 보통 핥는 것으로 애정을, 무는 것으로 미움을 표현하는 것 아니던가. 예쁘다고 하면서 무는 것은 뭔지. 윗머리와 볼 옆, 나의 얇팍한 입술도 안전지대는 아니다. 물고는 곧 '아퍼?' 하며 호호 불고 문질러주는 것은 또 뭔지. 병 주고 약 주냐고 따지고 싶지만, 내 규칙을 강요하면 우리의 관계가 깨질 것 같아 그냥 용서해 주고 만다.

해가 지면 아빠와, 아들이라 불리는 덩치 큰 두 남자가 한 명씩 나타난다. 아마 그녀로부터 지시를 받기 위해 집에 들어오는 것 같다. 그녀가 큰소리치며 사는 이유가 뭔지는 모르지만, 집안의 여러 규칙을 만들고 명령하는 사람은 그녀다. 예를 들면 아빠에게 '건강 생각해서 술은 조금만 드세요'라든가, 아들에게 '방 정리하고 공부 좀 하지'는 그녀가 아주 자주 하는 지시다. 이해하기 어렵지만 인간 세계에서는 체격이 작고 머리털이 길수록 권력을 가지는 것 같다. 아니 그 권력은 그녀가 제공하는 밥에서 나오는 것인지도 모른다. 우리는 모두 즐거움뿐 아니라 살아남기 위해서라도 밥을 먹어야 하는 존재들 아니던가. 그런가보다. 밥이 권력인 게다.

그녀는 하루의 대부분을 음식을 준비하고 집안을 치우며 옷을 빨거나 다리며 보낸다. 그녀가 열중하는 일 중 청소와 세탁은 내 보기에 문제가 많다. 집안을 정리하여 쓸고 닦는 것이, 의복을 빨고 다림질하는 것이, 왜 그렇게 중요한 일이란 말인가. 쓸데없는 일 때문에 규칙만 많아지고 집안의 평화가 위협받곤 하니 하는 말이다. 그녀는 그녀대로 일에 치이고….

모든 일은 우선순위를 생각해야 한다. 해야 할 일이 많을수록 무엇이 가장 가치 있고 중요한가를 따져 봐야 한다. 오랜 시간 사고에 숙고를 거듭하여 얻어낸 나의 결론은 이렇다.

생은 그렇게 긴 것이 아니다. 자신이 원하는 일만 하되, 필요한 일만 하라. 남을 위하여 자기 자신을 희생하지 마라. 미래를 염려하고 준비하느라 현재의 행복을 미루는 것은 바보가 하는 짓이다. 나른한 삶 속에 샘솟는 즐거움을 느껴보라. 정지의 시간에만 참 아름다움이 보이는 법이다. 그렇게 허무한 규칙이나 만들고 생각 없이 뺑뺑 도는 삶에 무엇이 남겠는가.

땀을 흘려가며 분주히 일하는 그녀를 쫓아다니며 성심껏 내 생각을 펼쳐 보지만 그녀는 들은 척도 않고 일만 계속한다. 그만하라고 앞을 막아서면 오히려 비키라고 목소리를 높이는 지경이다. 정말이지 어떻게 해야 그녀를 설득할 수 있을지 알 수가 없다.

그래, 어쩌면 쾌적한 환경이란 것이 생각보다 중요한 건지도 모른다. 그녀에게는 가엾은 일이지만 그녀 스스로 막무가내이니 앞으로는 입을 다물련다. 다만 한 가지, 조용한 상념 가운데 고뇌의 철학으로 몸부림치는 나를 보고 '개 팔자가 상팔자'라는 등 나를 게으름뱅이 취급하는 언사만은 단호히 사양한다.

집안일을 마친 그녀는 신문을 읽다가 오려내 공책에 붙이기도 하고 누워서 책을 읽으며 하루를 보낸다. 음악을 틀어

놓고 큰 소리로 노래를 부르기도 하고 사진기를 눈에 대고 섬광을 일으키기도 한다. 어떨 때는 며칠씩 식탁에서 노트북이라는 검은 판을 치기도 한다. 이거야말로 의미 없는 일이라는 생각이 들지만 그녀가 되고 싶다는 작가의 일이라고 하니, 그녀의 순수 소망에 나도 동감하려 노력 중이다. 아니, 그녀는 이미 작가이던가? 그녀가 등단했다고 좋아하던 날이 기억난다. 저녁 늦게 꽃다발을 든 채 귀가한 모두의 얼굴에도 꽃이 만발했었다. 아빠가 피아노 위를 치워 그녀가 받아온 사각 패를 올려놓을 때, 아들들은 식탁 위에 먹을 것을 늘어놓았다. 그날의 푸짐했던 간식을 생각하면 그녀가 자꾸 등단하기를 바라게 되지만, 그날 이후 밤늦게까지 검은 판을 쳐대는 그녀를 생각하면 그럴 것도 아니다. 도대체 그녀는 뭘 하는 것인지, 손가락 운동도 아니고…. 검은 판을 들여다봤지만 별 것도 없다.

하기는 내가 가장 좋아하는 스포츠, '뛰어가서 공 물고 오기'도 사람들로부터 이해받지 못하기는 마찬가지다. 공 던져 달라고 하면 귀찮다는 듯 마지못해 몇 번 던져주고는 끝이니 말이다. 어쩌면 그녀의 '검은 판'이 나의 '공'인지도 모른다. 잠을 설치더라도 기다려줘야 할까 보다.

검은 판을 치는 그녀의 모습은 왜 그리도 진지한지…. 어떨 때는 큰 소리로 무엇인가를 중얼거리기도 하고 한동안 생각에 잠기기도 한다. 대부분은 표정이 없지만 웃거나 시무룩해질 때도 있다.

어두운 표정과 밝은 표정이 교차하는 그녀를 보면 나의 개똥철학이 다시 고개를 든다. 내가 가장 중요하게 여기는 것은 솔직한 감정교류, 진실한 소통이다. 나는 친숙한 사람의 귀가 소리가 들리면 곧바로 현관 앞으로 달려 나가 환영의 춤을 춘다. 아름다운 소리는 아니지만 노래도 부른다. 몸과 마음을 다해 기쁨을 표하는 것이다. 경계에 대한 부정적 감정도 당사자에게 솔직하게 표현한다. 나의 격렬한 감정 표현과 비교해 볼 때 그녀의 표정은 언제나 심드렁하다. 누구에게나 예의 살짝 웃는 미소로 조용히 얘기한다. 내가 주의를 주려고 옆에서 큰소리를 내면 오히려 나를 작은 방에 가둔다. 사람들에게 솔직하게 자기의 마음을 드러내는 것이 그녀에게는 그렇게나 거북한 일일까. 그래서 울고 싶고 웃고 싶은 감정을 엉뚱한 검은 판에다 쏟아 붓는 걸까.

그녀가 샤워를 한다. 오늘의 청소시간은 무사히 넘어간 것 같다. 어디에 무엇을 해 놓았는지 도통 기억할 수 없는 나이 탓에 무작정 몸을 숨기기는 했지만 그녀의 커피시간에 소시지 하나쯤은 얻어먹을 수 있을 것 같다.

침대 밑에서 나와 햇볕 쪼이기를 즐기고 있자니 하루 종일 뭔가에 분주한 그녀에게 왠지 미안한 마음이 든다. 나처럼 자기중심적 우선순위에 입각한 단순하고 솔직한, 즉흥적 쾌락 추구의 삶을 살면 좋으련만. 내 말은 개소리로만 듣는 그녀니 원 참….

간식 후에는 그녀가 책이나 읽으면 좋겠다. 책만 펴면 곧 잠들어버리곤 하는 그녀에게 독서는 영혼의 안식이다.

아아, 소파에 길게 누워 나직한 코골이 코러스에 오수를 즐기는 그 시간, 비로소 그녀와 나는 의견합치다.

2부

아버지의 비밀 정원

숨 음악이란 것이 있다면

파곳으로 시작되는 신비한 느낌의 서곡이 끝나고 1막을 지나 2막이 연주되고 있을 때였다. 짧은 휴지休止 후 연주가 시작되려는 바로 그 순간, 숨소리가 들렸다. 분명 후욱 하는 숨소리였다. 하지만 그럴 리는 없었다. 연주 중에 누가 그런 소리를 낸단 말인가. 옆자리에 앉아 있는 남편을 훔쳐봤지만 그도 아니었다. 남편은 오히려 숨을 죽이고 있었다.

그때였다, 다시 후욱 하는 소리가 들린 것은. 정말이지 의심할 것 없는 숨소리였다. 아까와 다른 점이 있다면 숨소리의 타이밍을 알아챘다는 것뿐이었다. 여리게 이어지던 음악이 갑자기 커지는 바로 그 직전, 숨소리가 났음을.

대체 누가 이런 숨을? 문득, 온몸으로 연주하고 있는 지휘자의 모습이 눈에 들어왔다. 숨소리가 지휘자의 것이라는 생각이 머리를 스쳤다. 지휘자가 오케스트라 단원들과 호흡을 같이하고 있는 것이 틀림없다는. 숨소리 때문인지 연주가 더욱 흥미로워졌다. 나도 그들처럼, 음악에 맞춰 숨을 쉬어야 할 것 같은 생각마저 들었다.

내가 숨소리에 민감한 것은 무라카미 하루키의 소설 『1Q84』[3]의 여파였다. 사이비 종교집단 '선구'의 우두머리인 후카다 다모츠가 잠(근육과 의식)을 깨우는 장면을 읽다, 이렇게 강력한 호흡도 있나, 하며 신선한 충격을 받은 후 호흡에 관심을 갖게 된 것이었다.

남자가 크게 숨을 내쉬는 소리가 들렸다. 깊은 우물 속에서 올라오듯 느리고 굵은 날숨이다. 이어서 숨을 크게 들이쉬는 소리가 들렸다. 숲의 수목 사이를 뚫고 지나가는 강풍처럼 거칠고 불온하다. …지금까지 듣고 본 적 없는 영역에 발을 들인 듯한 느낌이 들었다. 이를테면 깊은 해구 밑바닥이나, 혹은 미지의 소행성의 지표면 같은 곳. 어떻게든 도달할 수는 있어도 되돌아오는 건 불가능한 곳.

---

3) 『1Q84』, 무라카미 하루키, 양윤옥 역, 문학동네, 2009

글에서 받은 인상이 어찌나 컸던지, 그즈음 있었던 한 플루티스트의 귀국 연주회에 갔을 때도 음악보다 연주자의 숨에만 신경이 쓰였다. 하기는 플루티스트의 연주 매너, 특히 숨 쉬는 모습이 특별하기는 했다. 지금까지도 그 모습을 선명하게 기억하고 있으니 말이다.

허리와 엉덩이를 바싹 감싸 무릎 밑에서 퍼지도록 만든 드레스를 입은 아름다운 여자였다. 여자는 허리를 조금 구부린 채 상반신으로 원을 그리며 연주했다. 호흡 때문일 테지만 몸 전체로 선율을 그리고 있는 듯했다. 동그란 이마는 연주 내내 찌푸려져 있었다. 플루트를 아슬아슬 붙이고 있는 입꼬리는 웃음을 머금은 양 살짝 위로 당겨져 있었지만. 곡이 끝나자 여자가 천천히 플루트를 입에서 떼어냈다. 연주시의 자세 그대로 악기를 잡은 채 양손을 비스듬히 머리 위로 들어 올리더니 다시 느리게 반원을 그리며 내렸다. 그리곤 갑자기 미소를 짓는 것이었다. 순간 나는, 음악의 여신이 저런 모습이지 않을까, 감탄했었다.

휴식 후 이어진 연주는 분위기가 사뭇 달랐다. 성큼성큼 무대로 걸어 나온 여자가 플루트를 쥔 두 손을 내린 채 한참을 서 있다, 곡을 끝낼 때처럼 양손을 공중에 들어 올려 반원을 그리는가 싶더니 악기를 입술에 갖다 댔다. 빠른 곡이 시작됐다. 바람이 튀는 듯한, 찢어지는 듯한, 깨지는 듯한 소리가 들려왔다. 플루트가 그런 소리를 낼 수 있다는 것이 믿어지지 않았다. 갑자기 왼쪽으로 고개를 드는가 싶던 여자가 순간적이라 할 만큼 빠른 속도로 숨을 들이켰다. 나팔처럼 입술을 벌려 훅 하고 공기를 빨아들이는 동작이 지금까지의 행동과는 달리 거칠고 빨랐다. 그 순간적인 숨쉬기를 본 후 내 오감은 숨쉬기에만 매달렸다. 음악은 사라져 버리고, 여자의 숨 쉬는 모습과 후욱일 것 같기도 하악일 것 같기도 한 그녀의 숨소리만 보고 듣는 것이었다. 곡이 끝나자 미처 몰입에서 빠져나오지 못한 표정의 여자가 플루트를 든 두 손을 공중에 뻗어 반원을 그리며 내렸다. 박수갈채를 받으며 고개를 숙이는 그녀의 모습이 아득한 꿈 같았다.

플루티스트의 연주회를 다녀온 후 나는 다시 한 번 연주자의 숨소리를 들었다. 놀랍게도 이어폰을 통하면, 물론 관악기 연주에 한해서이지만, 연주자의 숨소리가 고스란히 들렸다. 깊고도 가쁜 숨이 고막을 두들기다 뇌를 거쳐 심장을 울리는 그 과정이 왜 그렇게 좋은 건지 내 자신도 알 수 없었다. 어쩌면 나는 연주자의 빠르고 거친 숨소리를 마치 내게만, 내 귀에만, 들려주는 은밀한 그 무엇으로 착각하는 건지도 몰랐다. 심지어 그 숨소리를 들으며 나는, 진흙인형에게 불어넣었을 신의 숨결을, 신의 숨결을 마중물로 내뱉었을 진흙인간의 첫 호흡을, 떠올리기까지 했다. 내게는 연주자의 호흡 기관이 한 개체를 살아 있게 하는 숨의 통로이면서 동시에 생명을 노래하는 신비한 악기처럼 느껴졌다.

존 케이지의 4분 33초도 내게는 숨의 연주로 생각되었다. 행동을 멈춘 연주자들, 그들이 할 수 있는 것이란 숨쉬기밖에는 없을 것이기 때문이었다. 숫제 숨 음악이란 장르를 만들면 어떨까 싶은 생각까지도 들었다. 그것은 높기도 하고 낮기도 한, 거칠기도 하고 부드럽기도 한, 숨소리들의 어울림일 터였다. 하지만 부질없는 생각이었다. '음악은 색과 리듬을 가진 시간'이라고 한 드뷔시의 말을 따르자면 숨만으로는 음악이 될 수 없었다. 환희나 낙망의 때처럼 육체와 정신을 조응시키면, 감격과 감동으로 심장을 박동시키면, 숨에 보다 분명한 색과 리듬을 입힐 수 있을 듯싶기는 했지만⋯.

엉뚱한 생각으로 빠져들고 있었다, 나도 모르게 첫 키스, 아니 첫 섹스의 장면을 떠올리며⋯. 연주되고 있는 곡이 스트라빈스키의 《봄의 제전》이기 때문인지도 몰랐다. 장한나가 연주장 가득 부려놓은 원시적이고 폭발적인 에너지 때문인지도. 그런데 생각을 털어내듯 고개를 휘저을 때였다.

손가락질이었다! 지휘자가 찌르기라도 할 듯 힘차게 손가락질을 하고 있었다! 관악기 연주자를 향해 왼손으로, 나머지 네 손가락은 접은 채 검지만 곧게 내밀며!

손가락질은 계속 됐다. 찌르고 찌르고 또 찌르고…. 지휘자의 손가락질을 당하면 신기하게도 그 악기들의 소리가 다른 소리들 위로 솟아났다. 연주자들이 지휘자의 검지에 찔리면 소리를 내는 자동인형인 듯한 착각마저 들었다.

문득, 손가락질을 하면서 지휘자는 어떤 숨을 쉬는지가 궁금해졌다. 날숨일지 들숨일지 하악일지 후욱일지. 그 순간만큼은 지휘자가 숨을 멈출 것도 같았다.

얼굴 없는 세상

밤이 늦었지만 지금이라도 축하해야 하는 것 아닐까. 밤이 늦었다는 이유로 축하를 미루는 건 말도 안 되는 일이지 않을까.

뉴스 화면을 보다 잠깐 고민에 빠진다. 오늘 내가 참 무심했다. 정작 나로호가 발사되는 그 시각 완전히 친구를 잊어버렸다. 하루 종일 문학회 행사로 정신이 없기는 했다. 행사 중간, 사람들로부터 성공 소식을 듣고서야 아차 했다.

결국 나는 친구에게 축하를 전하기로 한다. 전화가 아닌 문자로다. 친구가 가족들과 함께 있을 것 같아서다.

이즈음 나는 전화보다 문자나 카카오톡을 많이 한다. 비용도 적게 들지만 느닷없는 내 전화가 상대를 곤란하게 할 위험을 없애기 위해서다. 하지만 내 말과 마음이 잘 전달되고 있는지는 항상 불안하다. 같은 말이라도 표정이나 어조에 따라 그 의미가 많이 달라지곤 하지 않던가. 그래서이겠지만 나는 문자 대화를 하며 문장 기호나 이모티콘을 많이 사용하는 편이다. 표정과 어조를 보일 수 없으니 이모티콘과 문장 부호의 도움이라도 받으려는 것이다. 이모티콘은 이미 내게 언어가 되어 있는지도 모른다. 효과적 의사소통을 위한 보조 언어, 보자마자 공감할 수 있는 감정 언어 말이다. 오늘 친구에게는 바보처럼 활짝 웃고 있는 얼굴을 보낸다.

1972년 미국의 무인 우주선, 파이어니어 10호가 발사될 때도 굉장했었다. 백인 성인 남녀의 발가벗은 외형 스케치가 새겨진 금속판도 실렸다. 우주선이 지구로부터 아주 멀어졌을 때 만날지 모를 우주인에게 보내는 그림 정보 중 하나였다. 만약 백인 남녀의 나신 대신 동그란 스마일리 페이스를 새겨 보냈으면 어땠을까. 얼굴 표정이라면 지구상 모든 종족의 공유물이므로 인종 문제를 일으킬 염려는 없었겠다. 게다가 웃는 얼굴이라면 그 당시 제기되었던, 우주인의 지구 공격 가능성에 대한 염려도 줄일 수 있었겠고….

문득 우주인들에게는 얼굴이 없는 것은 아닐까, 하는 생각이 머리를 스친다. 지구 위의 생물 중에서도 사람만이 얼굴을 가지고 있다고 한다. 개나 호랑이는 몸뚱이의 일부로서의 머리는 있지만 표정을 담고 있는 얼굴은 없다는 것이다. 얼굴이 없는 존재는 어떻게 사랑하고 어떻게 그리워할지 모르겠다. 내게는 누군가의 표정과 시선에 사로잡히는 것이 사랑이고, 그 사람의 얼굴을 돌이켜보는 것이 그리움인데 말이다.

사람만이 얼굴을 가지고 있다는 인문학적 이론과는 별도로 사람들은 많은 것에서 얼굴을 본다. 나만 해도 집에서 기르는 강아지는 물론 곤충이나 꽃 해 달 별 구름 등의 자연물을 보며 그것에 깃든 얼굴을 발견하곤 한다. 특히 화가나 시인 같은 예술가들은 이 방면의 도사다. 그들은 오래된 나무옹이나 눈이 녹으면서 만드는 문양, 실수로 쏟은 잉크나 얼룩진 벽지 속에서조차 표정을 찾아낸다.

사람들이 이렇게 얼굴에 집착하고 실제로 존재하지 않는 얼굴을 자꾸 보는 이유를 마이클 심스는 『아담의 배꼽』[4]에서 '진화의 방향이 다른 사람들의 얼굴과 표정을 인식하는 것이 정말로 중요하다는 쪽으로 이루어져 왔기 때문'이라고

---

4) 『아담의 배꼽』, Michael Sims, 곽영미 역, 이레, 2007

설명한다. 즉 사람들에 대한 정보를 빨리 알아낼수록 곤란한 일을 줄일 수 있고 관계상 유리한 고지를 차지할 수 있기 때문이라는 것이다. 그래서 시도 때도 없이, 무엇에서도, 사람들이 얼굴을 발견해 낸다는 것이다. 사람의 얼굴에 집착하는 경향은 태어난 지 채 한 시간이 되지 않은 신생아의 반응을 통해서도 알 수 있다고 한다. 마이클 심스는 같은 책에, '아기들이 어떤 특징은 있되 얼굴 모양이 아닌 그림보다는 얼굴 그림에, 심지어 눈과 머리까지 움직여 가며 반응했다'고 쓰고 있다. 사람이 얼굴에 집착하고 무엇에서고 얼굴을 보는 게 생래적이라는 것이다. 중국 문단을 대표하는 작가 쟈핑와의 글[5]에도 얼굴을 발견하는 이야기가 나온다.

라오징은 숲에서 일곱 촌† 가량 되는 곳에서 뱀의 마른 허물을 주웠다. 허물의 굴곡이 특별해 그는 이 허물을 흰 벽에 걸어놓았다. 허물은 마치 아름다운 소녀가 무언가를 지그시 바라보고 있는 모양이었다. 나는 매일 그의 방으로 가 뱀 허물로 만들어진 소녀를 보면서 쓸데없는 공상에 시달렸다. 그럼 라오징이 자진해서 나를 내 방까지 바래다주겠다고 했다. 하지만 나는 감히 그러라고 하지 못했다.

---

5) 『친구朋友』, 쟈핑와, 김윤진 역, 이레, 2008

매일 친구의 방을 찾아가게 하고 쓸데없는 공상으로 시달리게 하는, 말라비틀어진 뱀 허물 소녀의 형상은 어떤 모습이었을까? 지혜로우면서도 순진하고 요염하면서도 농밀한 표정을 짓고 있는, 반투명 비늘 문양마다에서 꺼림칙한 신비감을 내뿜고 있는, 묘령의 소녀상을 머릿속에 그려 본다. 그런데 기껏 그려낸 소녀의 형상이 지혜롭지도 순진하지도 요염하지도 농밀하지도 않은 내 얼굴을 닮아 있지 않은가. 쟈핑와를 상심케 한 소녀가 절대 나같이 생겼을 리 없는데 말이다. 그렇다면 사람은 무엇에서도 자기 얼굴을 보는 존재인 걸까? 쟈핑와가 뱀 허물에서 본 소녀 또한 쟈핑와 자신이었는지도 모르겠다.

축하 문자를 봤는지 친구로부터 이모티콘이 붙은 답장이 온다. 웃는 얼굴에 웃는 얼굴로 화답하면서 우리가 무슨 짓을 하고 있나 씁쓸해진다. 바빠서이겠지만 이즈음 친구들을 만나려면 약속 시간 정하기가 쉽지 않다. 얼굴을 보며 함직한 이야기도 전화로 아니, 문자나 카카오톡으로 끝내 버린다. 이러다 서로 얼굴을 잊어버릴지도 모르겠다.

문득, 당황스런 생각이 머리를 스친다. 이모티콘을 얼굴을 대신하는 감정 언어라고 떠벌렸지만 그것이 가면을 대신

하는 위장 언어로도 사용될 수 있어서다. 대면한 사람에게 자기 감정과 표정을 숨기란 어려울 것이다. 통화 상대에게 흥분을 감추는 것 또한 쉽지 않을 것이다. 하지만 문자 대화라면 얼마든지 자신을 속이고 위장할 수 있지 싶다. 더 적절한 단어, 더 당위적인 표정으로, 몇 번이고 삭제하고 수정할 수 있으니 말이다.

문자 대화가 만남의 일반적 형식이 되어 이모티콘으로 대화를 주고받는 세상을 상상해 본다. 그것은 얼굴이 없어진, 사라져 가는, 세상이지 않을까? 볼 얼굴과 보여 줄 얼굴이 없는, 진정한 의미로서의 얼굴이 사라진, 세상은 상상만으로도 두렵다. 안 그래도 이것저것 무엇에서든 얼굴을 찾아내며 얼굴에 집요한 트라우마를 드러내는 우리가 아니던가.

당장 내일 아침, 친구에게 전화해 식사 약속을 만들어야겠다. 위성 발사라는 우주적 성공을 이룬 사람을 남편으로 둔 친구에게 단어 몇 개와 이모티콘 한 개로 축하를 끝내는 것은, 정말이지 말도 안 된다.

아버지의 비밀 정원

아버지는 오늘도 병실에 들어서는 나를 보고 같은 말을 했다. "오랜만이네, 어디 갔다 오냐?" 함께 있다 잠깐 병원 지하에 있는 슈퍼를 다녀올 때나 오늘처럼 닷새 만에 나타날 때나 아버지는 늘 같은 인사를 한다. 그렇다고 아버지가 내게 더 자주 오라고 원망하는 것은 아니다. 아버지는 평생 누구를 섭섭해 하거나 미워한 적이 없다. 아버지가 늘 같은 인사를 하는 것은 오랜 치매 생활 끝에 얻은 나름의 지혜, 그렇게 말해야 실수를 얼버무릴 수 있다고 생각해서다. 이제 아버지에게는 뭔가를 스스로 해낼 힘도, 뭔가를 계획할 지식이나 방법도, 오래오래 주고받을 애깃거리도 없다. 식구들을 알아보고 자신의 이름과 아내인 엄마 이름, 오빠 이름,

살고 있는 집의 주소를 외울 뿐이다. 잠은 또 왜 그렇게 많아진 건지, 내가 왔음에도 아버지는 자꾸 잠만 자려 한다. 하기는 재활치료와 물리치료까지 받았다니 오늘은 다른 날보다 더 피곤할 것이다.

아버지의 숨소리가 깊어진다. 꿈을 꾸고 있는지도 모른다. 그런데 기억이 사라진 사람은 어떤 꿈을 꾸는 걸까. 혹시 기억이 사라지면 꿈도 사라지는 것은 아닐까? 아버지가 꾸고 있는 꿈이 궁금해진다. 어쩌면 그것은 가장 오래된 기억일지도 모른다. 치매란 병이 가까운 기억부터 지워지는 것이니 말이다. 그렇다면 내가 마지막에 꿀 꿈, 나의 가장 오래된 기억은 무엇일까.

아버지가 만들어 준 연습장에 가갸거겨, 글씨를 반복해 쓰던 내 모습이 떠오른다. 언니와 함께 건어물 가게에서 말린 복어를 쳐다보던 일도 생각난다. 위경련을 일으킨 엄마가 뜬금없이 말린 복국이 먹고 싶다고 해 사러 갔을 것이다. 하지만 그건 유치원 나이의 일, 그보다 훨씬 먼저의 기억도 있을 것이다. 그럼 엄마와 함께 절에 가 벽에 다닥다닥 붙어 있는 송충이들을 보고 놀란 것은 언제 적 일일까. 언니를 따라 동생과 함께 태권도장으로 오빠를 찾아갔던 일은. 그때 오빠는 다리 찢기를 하며 우는 듯 웃는 표정을 지었었다. 플랫

폼에 서 있다 기차가 내지르는 기적 소리에 놀라 울음을 터뜨린 적도 있었다. 아버지의 품에 안겨 검은색 지프에서 내리던 일도 생각난다. 그때 나는 잔뜩 뽐내는 표정으로 빨간 풍선에 달린 끈을 흔들고 있었다. 하지만 내 가장 오래된 기억은 아무래도 커다란 대야에 앉아 아버지가 끼얹어 주는 따뜻한 물을 온몸으로 좋아하던 일인 것 같다. 그렇다면 내 최초의 기억은 기껏 네다섯 살 안팎의 특별할 것 하나 없는 물장난이란 말인가. 문득 영화 《마담 프루스트의 비밀 정원》[6]에서처럼 잃어버린 기억을 불러낼 수 있으면 좋겠다는 생각을 해본다.

프루스트 부인은 기억을 찾아 주는 사람이다. 그녀는 자신의 아파트를 비밀 정원으로 만들어(아파트가 온통 식물로 가득 차 있다) 그곳에서 사람들의 기억을 불러낸다. 소설 속의 마르셀 프루스트가 홍차에 적신 마들렌으로 시간 여행을 했다면, 영화 속 프루스트 부인은 음악을 미끼로 허브 차를 낚싯바늘 삼아(마들렌은 허브 차의 뒷맛을 없애기 위해 먹는다) 사람들의 기억을 낚아 올린다. 청년 피아니스트인 주인공 폴은 우연히 프루스트 부인의 비밀 정원에 들어가게 되고 그녀의 도움으로 두 살 적의 기억들을 되살려 낸다. 그리고 두 살 당시

6) <마담 프루스트의 비밀 정원>, 감독 Sylvain Chomet, 2014

에는 알 수 없었던 그래서 그로 하여금 말문을 닫게 한 고통의 장면들을 이해하게 된다. '파파' 하고 두 살의 폴이 엄마를 향해 말문을 여는 것으로 시작해 서른세 살의 폴이 자신의 아들을 향해 '파파' 하고 새롭게 말문을 여는 것으로 끝나는 회복의 이야기가 아름다웠다.

자고 있는 아버지의 얼굴을 물끄러미 들여다본다. 표정이 어린 아기처럼 순하다. 가만, 비밀 정원의 주인공 폴이 불러낸 장면들은 두 살 이내의 기억들이지 않던가. 아버지는 어쩌면 아기적 일을 꿈꾸고 있는지도 모른다.

아버지의 병실을 비밀 정원으로 만들어 보자는 생각이 머리를 스친다. 낮고 규칙적인 아버지의 숨소리를 미끼로 허브차를 낚싯바늘 삼아 내 기억을 낚아 보려는 거다. 이왕이면 멀고먼 기억, 최초의 나까지 올라가 보려는 거다.

1층 카페에 내려가 카모마일 차와 블루베리 스콘을 사들고 병실로 돌아온다.

이런! 서쪽 창문 너머의 저녁 해가, 동그란 제 몸을 온전히 드러낸 샛노란 해가, 노란 벽지가 발린 병실을 더욱 노랗게 물들이고 있다! 이제 아버지의 병실은 다름 아닌 카모마일 꽃밭이다.

침대 옆 커튼을 당긴다. 노랗게 물든 아버지의 얼굴에 살포시 그늘을 끌어다 놓고 의자를 가져다 가리개 앞에 놓는다. 이제 내가 할 일은 푸른 가리개를 담장이벽 삼아 따뜻한 카모마일, 그 노란 액체를 마시는 것이다. 의자에 등을 기댄 채 눈을 감고 내 시작, 내 최초의 모습을 상상하는 것이다. 어둠과 고요 속의 아주 조그만 점, 나를….

소리들이 점차 바닥으로 가라앉는다. 사람들이 웅성대는 소리도, 아버지의 숨소리도, 물속에서 듣는 것처럼 아득해져 간다. 아, 엄마의 자궁!

어쩌면 나의 최초는 아버지와 엄마가 사랑을 나누던 그 순간에 있는지도 모르겠다. 솟구쳐진 아버지의 씨가 자석처럼 끌어당기고 있는 엄마의 알에 끼워져 태반에 들러붙던 그 순간에. 그러니까 두 사람이 정신적으로 육체적으로 합쳐져 서로를 끌어안은 채 상대를 기쁘게 해주려 애쓰던 그 순간에. 매혹된 두 육체가 불쑥 달려들어 구르고 넘실대는 가운데 내가 생겨났다는 게 새삼 감격스럽다. 그런데 나는 엄마의 몸속에서 무엇을 하고 있었을까. 내가 엄마의 뱃속에서 보고 들은 것은 무엇이었을까.

눈을 감은 채 앞을 바라본다. 희박한 어둠 속에서 노랗기도 하고 하얗기도 한 것들이 움직인다. 가끔은 작은 섬광이 번쩍이기도 한다. 마치 구겨서 비비다 다시 펴낸 금박종이 같은 느낌…. 내가 엄마의 뱃속에서 보던 광경도 이런 것 아니었을까. 그렇다면 그때 듣던 소리는? 엄마의 심장소리나 음식물을 섞고 운반하는 위장소리였겠다. 여섯 살 언니가 재잘거리는 소리, 두 살 오빠가 칭얼거리는 소리도 들었을 것이다. 때로는 엄마가 마구 소리를 질러대 귀를 막았을지도 모른다. 아버지가 다정하게 소곤거려 귓바퀴를 쫑긋거렸을지도. 희붐한 엄마의 뱃속이 암흑으로 변할 때면 나도 느린 리듬의 숨소리 듀엣을 들으며 잠을 청했으리라. 불현듯, 아버지가 나를 엄마의 뱃속에서부터 안아 줬었구나 하는 생각이 머리를 스친다. 엄마의 몸에 감싸인 채 나는 아버지의 품에 안기고 안겼던 것이다.

아버지가 몸을 뒤척이며 신음 소리를 낸다. 수술한 허리가 아픈 게다. 일어나 아버지를 살핀다. 아버지가 이내 다시 꿈 속으로 빠져든다. 의자로 돌아와 카모마일 차를 한 모금 마신다.

몸이 나른하다. 의자에 기댄 채 눈을 감고 나도 다시 기억 속으로 빠져든다.

드디어 그날이다. 어둠 속, 내 안온한 동굴이 통째로 흔들리고 있다. 천장이 내려앉기도 하고 바닥이 솟구쳐 오르기도 하면서 내 공간이 용트림을 하고 있다. 거친 숨소리에 섞여 엄마가 아버지에게 하는 말이 들려온다.

"아기가 나올 것 같아요. 어서 들통에 물 끓여요. 가위는 작은 냄비에 따로 소독해요. 준비한 것들 다 가져와요. 빨리 빨리."

용감한 엄마는 세 번째라는 자신감으로 아버지에게 산파를 부르지 말자고 했다. 둘이서 아기를 낳자고 한 것이다. 얼떨결에 그러마고 했지만 아버지는 원체 겁이 많은 사람, 허둥대며 무릎과 손을 벌벌 떨었으리라.

결국 내 동굴이 뚫리면서 내 공간이 물로 쏟아져 내린다. 알몸으로 쫓겨나듯 밀려나오는 나. 밝음이다. 눈이 부실정도의 환함이다. 놀란 내가 울음을 터뜨린다. 그 순간, 나를 들어 올리는 손!

아, 그랬구나! 내가 이 세상으로 굴러 떨어질 때 내 몸을 건져 올려 나를 처음 바라본 사람은, 나를 처음 품에 안아준 사람은, 바로 아버지였구나!

왈칵, 눈물이 솟는다. 벌떡 일어나 아버지에게 다가간다. 아버지가 입을 반쯤 벌린 채 고른 숨을 내쉬고 있다. 나는 말없이 아버지를, 이마와 눈가는 여전히 편안한 데 입이 지쳐 보이는 아버지를, 들여다보고 또 들여다본다.

"너 왜 거기서 그러고 자냐. 밤잠은 침대에 가서 자야지."

아버지의 말에 내가 눈을 뜬다.

"어머, 깜박 잠이 들었나 봐요. 아버지, 언제 깨셨어요? 그런데 아버지, 아직 밤 아니에요. 이제 곧 저녁 드실 시간인걸요."

하지만 아버지는 막무가내. 밤이라며, 얼른 너도 네 방에 가서 자라며, 반쯤 들었던 고개를 베개에 내려놓고 다시 눈을 감아 버린다. 아버지가 거짓말처럼 다시 잠 속으로 빠져들고 있다.

아버지는 당신이 지금 집에 있는 것으로 안다. 내가 거듭 허리 수술하고 병원에 입원해 있는 거라고 해도 부득불 아니라고 우긴다. 5년 전, 같은 수술을 받기 위해 병원에 입원했을 때는 집에 가겠다며 밤새 소동을 피웠었다. 낮에는 시도 때도 없이 엄마에게 전화 걸어 달라고 졸랐었다. 그때 아버지가 엄마 떨어지기 두려워하는 유치원 아이였다면 지금 아버지는 낮도 가릴 줄 모르는 첫돌 전의 아기인 걸까. 요즘 아버지는 누구를 보고도 웃는다. 누구의 말이든 고분고분 들어 준다. 나도 식사가 나올 때까지 아버지를 그냥 내버려 두자고 마음먹는다.

그런데 방금 꾼 꿈, 왜 이렇게 생생한 걸까. 지금도 나를 안던 남편 팔의 압력이, 가슴에 부딪쳐 오던 남편 가슴의 감촉이, 그대로 느껴지지 않는가.

꿈속에서 나는 거울을 들여다보고 있었다. 거울을 들여다보며 성긴 머리카락 사이로 보이는, 붉은 반점들이 고르게 돋은 머릿속을 살피고 있었다. 겁이 덜컥 났다. 무슨 심각한 병에 걸린 것은 아닐까 싶어진 것이다. 나는 두피가 아닌 거울 속 내 얼굴로 눈의 초점을 옮겼다. 나이 든 여자. 거울 속에는 익숙하면서도 낯선 늙은 여자가 있었다. 울고 싶은 기분이 들었다. 이미 입가는 울 준비를 마치고 있었다. 그때 갑자기 거울과 나 사이를 남편이 비집듯 파고들었다. 파고들어서는 나를 꼭 껴안았다. 아, 그 느낌! 넓지는 않지만 힘이 느껴지는 남편의 가슴에 안겨 나는 첫 포옹의 때를 떠올렸다. 아까와는 다른 울음이 터져 나올 것 같았다.

드르륵.

급한 일이 생겨 잠깐 나갔다 오겠다던 간병사가 병실 문을 열고 들어온다. 많이 서둘렀는지 얼굴이 붉게 상기되어 있다. 이제는 나도 집으로 돌아가야만 할 때, 일어나 아버지에게 다가가 이불 위로 아버지를 안는다. 아버지 뺨에 내 뺨을 살짝 비빈다. 그리고 아버지의 딸답게 항상 같은 인사를 조그맣게 읊조린다. "저 금방 갔다 올게요. 한숨 주무시고 계세요."

간병사에게 인사하고 병실 문을 연다. 엄마의 자궁 같던 아버지의 비밀 정원을 나선다. '어디 가려고? 알았어. 빨리 갔다 와' 하는 아버지의 늘 같은 인사가 들리는 것만 같다.

그런데 왜 나는 아버지의 정원에서 그런 꿈을 꾸었을까. 꿈속의 남편은 남편이 아니라 아버지였을까. 꿈속의 나는 내가 아니라 엄마였을까. 엄마의 몸속에서 내가 아버지를 껴안은 것처럼, 엄마의 몸 위로 아버지가 나를 껴안은 것처럼, 우리는 이렇게 서로의 몸을 지금도 끌어안고 또 끌어안는 것일까.

노년이라 불리는 심적 상황의 시작에 대하여

올 여름은 정말 더웠다. 가만히 있어도 온몸에서 땀이 배어 나왔다. 특히 얼굴이 심했다. 어쩌면 그것은 눈물인지도 몰랐다, 살갗을 통해 흘리는 몸의 눈물. 내가 그렇게 온몸으로 우는 이유는 더위 때문만은 아니었다. 기묘한 전조가 있었다.

먼저 명치 아래 저 깊숙한 곳에서 어떤 열기가 뭉근히 뭉쳐지는 게 느껴졌다. 열기는 가스불이 빈 냄비를 달구듯 가슴 언저리를 달구어 대면서 목구멍으로 헛헛한 기운을 뿜어 올렸다. 그 뜨거운 허기에 입 속의 침은 점점 말라 가고 열기는 뺨으로 이마로 뻗쳐오르고…. 그러다 갑자기 얼굴에서부터 온몸으로 확하고 땀이 솟구쳐 나오는 것이었다.

화장도 할 수 없고 옷도 마음대로 입을 수 없었다. 누군가를 만나기가 우세스러워 숫제 외출 계획을 세우지 않았다. 친구들이 갱년기 증상이라고 했다. 오히려 나이에 비해 늦게 온 것이라며 불면증이나 우울증 같은 다른 증상이 없는 것을 다행으로 여기라 했다.

견딜 대로 견디다 병원에 갔다. 이런저런 검사를 한 후 의사가 호르몬 치료를 권하며 약을 처방해 주었다. 비실비실 사그라지고 있는 내 여성성을 살려 준다는 그것은 먹는 순서가 검은 선으로 그려진 직사각 은색 판에 담겨 있었다. 아주 조그만 알갱이였다. 약을 먹자 거짓말처럼 달아오름과 땀이 멎었다.

무라카미 하루키의 수필 「청춘이라 불리는 심적 상황의 끝에 대하여」[7]를 읽었다. 하루키는 자신의 청춘이 언제 끝났는지를 정확히 기억하고 있었다. 그것은 그가 서른 살 때, 아자부의 멋진 레스토랑에서 일 때문에 한 여인을 만나면서였다.

"내가 옛날에 알았던 한 여자와 참 많이 닮았군요. 정말 놀라

---

7) 『쿨하고 와일드한 백일몽』 무라카미 하루키, 안자이 미즈마루 그림, 김난주 역, 문학동네, 2012

울 정도로."

"남자 분들은 그런 말씀을 잘 하시네요. 세련된 말이라고는 생각하지만."

옛날에 사랑했던 여인과 너무도 닮은 여인의 이 한마디 말에 그는, 지금까지 소중히 간직했던 옛 연인에 관한 기억 아니, 그녀에 부수되는 어떤 심적 상황이 끝났음을 느꼈다는 것이다. 동시에 청춘이라 불리는 막연한 심적 상황도 끝이 났음을.

청춘이라 불리는 심적 상황의 끝이라니…? 한 번도 생각해 본 적 없는 테마였다. 하지만 떠오르는 장면은 있었다.

3년 전 합창대와 함께 포르투갈과 스페인을 여행했다. 가족 여행 외에는 해 본 적이 없던 내게 10박 12일이라는 멀고도 긴 여행은 신세계를 향해 배를 띄운 콜럼버스의 마음만큼이나 흥분되는 것이었다. 드디어 포르투갈 공항에 도착, 기다리고 있던 가이드와 만났다. 아담한 체구에 얼굴 가득 선량한 미소를 머금고 있는 젊은 가이드. 그는 첫 만남에서부터 낯설지 않았다. 왜일까? 가이드 쪽이 훨씬 체격이 작고 여성스럽기는 했지만 확실히 그는 젊은 시절의 남편과 많이 닮아 있었다.

하루 이틀 지나면서 그가 스페인으로 사랑의 도피행을 온 음악도임을 알게 되었다. 기타 학원에서 만난 여인과 운명적 사랑을 느꼈지만 그 여인이 그보다 여덟 살 연상이라는 이유로 양가 모두에게서 결혼을 거부당하자 사랑을 위해, 음악을 위해, 머나먼 이국 행 비행기에 몸을 실었다는 것이었다. 내 사랑의 도피행이 떠올랐다. 남편과 내가 해내지 못한 것을 그들은 멋지게 해냈다는 감탄과 함께였다.

내 도피행의 이유는, 지금 생각해 보면, 정말 어줍지 않은 것이었다. 집 앞 골목의 어두컴컴한 구석에서 남자친구와 껴안고 뽀뽀하다 언니에게 들켰다는 이유로 도망가려 했으니 말이다.

창피해서 도저히 집에 들어갈 수 없다며 남자친구에게 떼를 썼다. 숫제 도망가자고 했다. 그는 그럴 일까지는 아닌 것 같다 말하면서도, 내가 막무가내 우겨서인지, 손가락을 걸어가며 나를 달랬다. 당장은 차비도 없고 하니 짐을 챙겨 내일 가자는 것이었다. 등을 감싸 안은 채 집까지 바래다주는 그에게 져서 숨어들 듯 집으로 들어갔다. 곧바로 방에 들어가 이불을 뒤집어쓰고 누웠다. 언니는 내게 아무런 내색도 하지 않았다.

이불 속에서 다음날을 상상했다. 사랑의 도피행! 상상 속에서 그것은 더 이상 창피나 부끄러움이 아니었다. 어느새 그것은 아름다운 영화였다. 들꽃을 꺾어 화환과 부케를 만들고, 둘만의 결혼식을 올리고, 바닷가 조그만 오두막을 빌려 소꿉장난 같은 살림을 하는⋯ 구름 위를 걷는 듯 몽롱한 흥분에 싸여 밤새 자다 깨다를 반복했다. 다음날 가방에 옷가지를 챙겨 넣고 식구들 몰래 약속 장소로 나갔다. 하지만 먼발치의 그는 아무것도 들고 있지 않았다. 나를 발견한 그가 황급히 달려와 내 손을 잡으며 말했다.

"우리 도망가면 안 되는 것 같아. 니 말대로 도망간다 치자. 돈도 없는데 우리가 어떻게 뭘 하고 살겠어. 우리 빨리 결혼하자. 그러려면 논문을 마치는 게 급선무야. 내가 열심히 해서 빨리 졸업할게. 나는 너를 진짜 행복하게 해주고 싶어."

약속 그대로, 재빠르게 과정을 마친 그와, 그 이듬해 봄 약혼하고 그 가을에 결혼했다. 그리고 나는 가끔, 아주 가끔, 그 일을 떠올린다.

'사랑하는 사람과의 첫 입맞춤이 뜨겁고 달콤한 것은, 그 이전의, 두 사람의 입술과 입술이 맞닿기 직전까지의 상상력 때문이다'라는 글을 어디선가 읽은 적이 있다. 그가 실제 도망가려 했다면 내 편에서 먼저, 막상 그러려니 겁이 난다며 그만두자 말했을지도 모른다. 또 설사 일을 저질렀다 한들 하루도 안 돼 돌아왔을 것이다. 하지만 그래도….

그가 아무런 준비 없이 나타났을 때 아니, 처음부터 그럴 마음이 없었다는 것을 알았을 때 내 안에서 와르르 무너져 내리던, 탁하고 끊어져 버리던, 그 무엇! 하루키가 느꼈다는 청춘이라 불리는 심적 상황의 끝이란 이런 것이지 않았을까.

그날 이후, 말하자면 그에게 품고 있던 몽상과 자아도취와 무모한 행복감이 큰 타격을 입던 그날 이후, 그러니까 합리적이고 계획적인 그의 제안에 감정적이고 즉흥적인 내 마음이 순복되던 그날 이후, 내가 새롭게 바라보기 시작한 가치는 판단과 분별을 도와준다는 이성과 지혜였다.

가이드 이야기를 하다 말고 딴 길로 가버렸다. 다시 돌아와, 그날 오후는 수도원 방문이 예정되어 있었다. 숲속으로 난 좁은 오르막길을 오르고 있을 때였다. 옆을 보니 가이드가 내 옆에서 나란히 걷고 있었다. 자연스레 그와 이런저런 이야기를 나눴다.

"우리 친구할까요?"

내가 묻지 않았는가! 하지만 그는 아무런 대답도 하지 않았다. 그저 예의 사람 좋은 표정으로 웃고 있을 뿐이었다.

갑자기 당황스러웠다. 그때 나는 아마 어울리지 않는 우스갯소리를 눙치며 앞서 걷던 합창대의 한 동료를 향해 뛰어갔을 것이다.

왜 그는 그냥 웃기만 했을까? 열두 살이나 위인, 누나도 한참 누나인 내가 친구하자고 한 것이 그렇게 어이없는 일이었을까? 유럽 한복판에서 여덟 살 연상의 아내와 살고 있는 그에게 나이는 그리 문제가 될 것 같지는 않았다. 내가 마음에 들지 않아서? 그렇다면 나를 대할 때의 그 편안한 얼굴과 친절한 태도는 뭐란 말인가. 어쨌든 결혼하자는 것도, 이성으로 사귀자는 것도 아니지 않은가. 친구라 해도 고작 이메일 정도나 주고받는 사이었을 텐데…

문득 내 입장이 깨달아졌다. 그에게 나는, 일상에서의 일탈이라는 로맨틱한 자기 연민에 빠져 뻔뻔하게 작업을 걸고 있는 그렇고 그런 여자였던 것이다. 부끄러움이고 무어고가 없는 막무가내 아줌마!

그를 둘러싼 희롱의 여러 모습들이 머릿속을 맴돌았다. 얼굴이 화끈거렸다. 결혼을 하고 많은 세월을 산, 성性이라는 기초 위에 생활을 쌓아 온 나 같은 아줌마에게는 더 이상 풋풋하고 순수한 사귐 같은 것이 기대될 리 만무했다. 그래도 그건 아니었는데, 나는 정말 순수한 마음이었다고요!

남편에게 사랑의 도피행을 거절당했을 때만큼이나 참혹했다. 생명력을 잃고 문드러져 가던 청춘의 뿌리가, 여행지의 몽상과 자아도취와 무모한 행복감에 힘입어 가까스로 솟구쳐 낸 청춘이라 불리는 심적 상황의 여린 싹이, 다시 한 번 잘려 나가는 아픔이었다.

어느덧 내가 갱년기의 여자가 되어 버렸다. 갱년기는 장년의 끝자락, 인생의 과정에서 갱년기의 대척점에 있는 것은 사춘기일 것이다. 육체와 정신이 같은 속도로 성장하지 못할 때 겪게 되는 혼란과 혼돈, 부모의 보호와 통제로부터 벗어나 육체적 정신적으로 홀로 서고자 하는 반항과 좌절의 시기.

나 또한 흔히 질풍노도의 시기로 표현되곤 하는 사춘기를 거쳐 청년이 되었다. 내 갱년기가 발열과 방출로 대변된다면 내 사춘기는 가슴 통증과 복숭아 향기였지 싶다. 지금도 가슴이 솟기 시작할 때의 그 기묘한 통증의 기억이 선명하다. 딱딱한 씨가 박혀 있기라도 한 것처럼 가슴 양쪽이 뭉근히 아팠다. 그러다 누가 건드리기라도 하면…! 통증은 언제인지 모르게 사라졌다. 그 후 내 몸에서 언뜻언뜻 맡아지던 복숭아 향기. 다른 사람에게도 그것이 좋은 냄새로 맡아졌는지 알 수 없지만 나는 그 향기와 함께 청년이 되었다.

그러나 나는, 싱그럽고 풋풋했어야 할 청년의 시기를 기껏 좋은 아내니 좋은 엄마니 하며 행복한 가정 꾸미는 상상 속에서 보냈다. 청년을 장년 그러니까 하루키가 말한바 장년이라 불리는 심적 상황으로 산 것이리라. 덕분에 내 장년은 무척이나 길었다는 느낌이 든다. 시부모님을 모시고 남편을 뒷바라지하고 아이들을 낳아 기르며 남편과 서로의 생각과 가치관을 공유하며 살아온 삶이…. 그러고 보니 나의 장년은 두 이성, 이성異性과 이성理性에 이끌리는 삶이었겠다. 아이들을 낳고 가정을 이끌어 나가려면 여성과 남성이라는 이성異性은 물론 판단과 분별을 도와줄 이성理性이 절대적으로 필요했을 테니 말이다.

불쑥, 엉뚱한 생각이 끼어든다. 갱년기의 대척인 사춘기가 부모의 보살핌과 통제로부터 벗어나 독립 개체가 되는 시기였듯, 청장년을 거치고 맞는 갱년기는 다시금 배우자로부터 벗어나 독립 개체로 환원하는 시기가 아닐까 싶은. 갱년기 이후의 부부들이 성性적 관계에서든, 정서적 관계에서든, 서로가 서로에게 유연해지는 것 같아서다. 부분적이나마 홀로서기를 하는 것 같아서다. 어쩌면 이런 일부 독립은, 삶을 동시에 마감하는 부부가 별로 없음을 생각할 때, 피할 수도 없고 피해서는 안 되는 인생의 절차인지도 모른다. 그래서 그 시기 일어나는 불협화음은 억지로라도 하나이던 둘이 각각의 하나로 쪼개지는 과정에서 생기는 필요악必要惡의 상처로 받아들여야 하는 건지도. 부모의 보호나 통제를 거부하던 사춘기의 마음이 비행非行 욕구에서 나오지 않았듯, 배우자의 지나친 기대기나 간섭을 꺼리는 마음 또한 방종放縱 욕구에서 나오지 않을 것이기 때문이다.

이제 내게 상상의 영역 속에 남아 있는 것은 갱년기 너머 노년의 삶뿐이다. 이즈음 그것이 생각보다는 괜찮을지 모른다는 생각을 한다. 얼마 전 서로의 손을 잡은 채 다정히 걸어가시던 원로 작가 두 분의 모습에 감동을 받은 때문이리라.

문학회 행사를 마치고 식당으로 가는 길에서였다. 앞쪽에 연로한 두 분 선생님이 불편한 몸을 서로 부축해 가며 걷고 계셨다. 두 분의 모습이 어찌나 훈훈하고 곰살갑던지, 순진무구 어여쁘던지, 내 입이 저절로 벌어졌다. 저 나이에 이르면 모든 관계가 동 시대를 살아가는 지구 삶의 동반자 정도로 단순화되는 것은 아닐까, 싶은 생각이 들었다. 저 모습이 노년의 삶이라면, 그것 또한 기대하며 기다려도 괜찮지 않을까, 싶은 생각도….

그런데 지금 내가 무슨? 아무리 그래도 노년의 삶을?

어쩌면 내가 분별력을 잃어 가고 있는지도 모른다. 사실 분별력뿐이랴. 기억력도 지혜도 모두 흐릿해져 가고 있다. 이런 식으로라면 내가 얼마지 않아 이성적 판단을 포함한 세상 물정을 잃어버린 채 어린 아이처럼 순진무구해질지도 모른다. 분별하려 판단하려 애를 쓰지 않는 삶, 느껴지는 대로 느끼고 하고 싶은 것을 하는 삶에 이를지도…. 말하자면 노년의….

그런데 그거 신나는 삶이지 않은가!

가슴 속에서 사랑의 도피행을 상상하던 때만큼이나 행복한 흥분이 몽글몽글 일어난다. 어쩌면 이미 내게 노년이라 불리는 새로운 심적 상황이 시작된 것인지도 모른다. 그렇다면 그것은, 몽상과 자아도취와 무모한 행복감을 동반하는 것으로 보아, 청춘이라 불리는 심적 상황과 많이 닮아 있지 싶다. 으하하, 야호다!

내 생애 처음 해 보는 일

🌿

　귓속으로 갇힌 공간의 웅성거림이 스며들고 있다. 금속성 기구들이 맞부딪치는 소리, 거친 옷감이 스치는 소리, 낮고 조심스런 사람들의 말소리…. 내가 귀부터 깨어나고 있다.

　급한 발걸음이 다가온다. 다가온 그가 내 손에서 뭔가를 떼어낸다. 내 이름을 부르며 일어나라고도 한다. 이제 병실로 내려가야 한다는 것이다. 그렇다면 여기는 회복실? 벌써 세 시간 반이 지났다는 게 믿어지지 않는다. 몸이 무겁다. 꽉 맞는 틀 속에 갇힌 듯 옴짝달싹할 수가 없다. 왼쪽 다리를 슬쩍 움직여 본다. 다리는 꿈쩍 않고 통증이 끔찍하게 일어난다. 손을 아래로 뻗어 다리를 만져본다. 철심을 박아 넣을 거라더니 허벅다리가 그대로 맨살이다. 가슴속에서 뭉클

한 것이 울컥 치밀어 오른다. 감염 위험이 있다고 해 부기가 빠지기를 2주나 기다렸다. 어긋난 다리뼈를 맞추지도 못한 채 밤이고 낮이고 침대에 누워. 이제 반은 끝난 것이다. 수술을 받았으니 무난히 회복하면 다시 걸을 수 있는 것이다.

이송 요원이 침대를 밀고 와 내가 누워 있는 침대 옆에 바싹 붙인다. 내 몸이 시트째 들려 이동 침대로 옮겨진다. 침대가 곧 회복실 밖으로 굴려 나간다. 여사님이 침대로 달려와 (간병사를 여사님이라 부르는 것을 이번에 알았다) 내 눈에 안경을 씌워 준다. 꼼짝없이 누워서도 싱글거리던 사람이 얼마나 아프면 이렇게 인상을 쓰겠냐며 여사님이 연신 혀를 찬다. 식구들의 모습은 보이지 않는다. 지금쯤 작은녀석은 군대에, 큰 녀석은 세미나 발표에, 남편은 중요한 회의에 붙들려 있을 것이다. 수술 시간이 갑자기 당겨졌지만 나는 식구들에게 알리지 않았다. 알렸다 한들 올 수도 없겠거니와 어차피 이 일은 혼자 감당해야 할 일이었다.

침대에 누운 채 복도를 지난다. 날이 좋은지 사람들의 옷차림이 산뜻하다. 간혹 양산을 든 사람도 눈에 띈다. 그날의 일들이 생각난다. 그날은 아침부터 비가 내렸다. 작은녀석이 군대에서 휴가를 받아 집에 온 다음날이었다.

녀석은 그날도 저녁 약속을 만들어 놓고 있었다. 휴가 첫

날부터 바람을 맞힌다 싶더니 '아니나 다를까 그럼 그렇지'였다. 녀석 바라기하며 애꿎은 탓할 게 아니라 분당 집에 온 김에 효도나 하자 싶었다. 남편과 지방 사택에서 지내느라 친정에 다녀온 지 제법 오래였다. 점심을 먹자마자 전화를 걸었다. 엄마는 날도 궂은데 오지 말라고 했다. 잘 지내고 있으니 걱정 말라고도 했다. 선물 받은 간장 게장과 녀석 해주려고 사둔 스테이크용 고기 두 팩을 챙겼다. 녀석과 함께 집을 나서 각각 전철역과 버스정류장으로 흩어졌다.

버스에서 내리니 비는 그쳐 있었다. 지하철 공사로 위치가 바뀌어 있는 신호등을 향해 걸었다. 쇼핑백과 우산을 양손에 나눠들고 등에는 소지품을 담은 백팩을 메고 있었다. 잠깐 딴 생각을 했던 것 같다. 스테이크와 함께 먹을 채소는 어디서 사야 하나, 같은.

"쾅."

앞서 걷던 여인이 갑자기 내 쪽으로 뛰어왔다. 몸을 굽혀 내 몸을 살피며 괜찮으냐고 묻기도 했다. 그러고 보니 내가 이상한 각도로 다리를 벌린 채 땅바닥에, 검정 콜타르가 빛을 뿜고 있는 길바닥에, 앉아 있었다. 그렇다면 조금 전 '쾅' 소리는 내가 넘어지는 소리? 어안이 벙벙했다.

여인이 내 겨드랑이에 손을 넣었다. 부축해 줄 테니 일어나 보라고도 했다. 왼쪽 다리가 이상했다. 왼발에 힘을 줄 수 없어 오른발로만 일어났다. 여인이 등 뒤로 팔을 두르며 내 몸을 안았다. 가까운 병원에 데려다 줄 테니 걸어 보라고 했다. 왼발을 오른발 쪽으로 당겨 보았다. 순간, 알았다, 내 왼다리에 내 생애 처음 해 보는 일이 일어났음을! 더 이상 내 왼다리는 내 마음대로 할 수 있는 것이 아니었다.

수술을 기다리며 그날의 일을 떠올리곤 했다. 그날, 그 여인이 모르는 척 가버렸으면 어떻게 됐을까, 하며… 혼자 무리하게 일어나 걸으려 했다면 부러진 뼈가 피부를 뚫고 나왔을지도 몰랐다. 아니 그보다, 아무도 내 곁에 와주지 않았다면 많이 서러웠지 싶었다. 창피하기도 했을 것이다. 여인은 지독히 운 나쁜 일을 당한 내게 지극히 운 좋은 사건이었다. 따뜻하고 흐뭇한 감동이었다. 나도 길가다 넘어진 사람을 만나면 꼭 일으켜 줘야지, 다짐하고 또 다짐했다.

복도를 굴러가던 내가 침대 채 엘리베이터 안으로 들어간다. 문 옆에 서 있던 목에 깁스를 한 남자가 벽 쪽으로 붙어 서며 나를 내려다본다. 호기심과 측은함이 섞인 집요한 눈길. 눈을 감아버린다. 고개를 옆으로 돌려버린다. 이런, 외면이다! 이제부터 이런 짓 하지 말자고 결심한 게 언제라고 내가 또 외면질을 하고 있다. 도와 달라는 것도 아니고 동병상

련하자는 사람에게 말이다. 고개를 바로 하고 눈을 뜬다. 남자는 이미 나를 보고 있지 않다.

병실에 들어서는 나를, 함께 지내는 환자와 보호자들이 환호성으로 맞아 준다. 미끄러지고 오토바이에 치이고 에스컬레이터에서 떨어지고 무거운 물건에 맞아, 팔에 허리에 다리에 발에 수술을 받은, 나처럼 오래오래 입원해 있어야 할 환자들이다. 나는 훌륭한 일을 하고 온 사람처럼 누운 채 웃으며 손을 저어 준다.

내 몸이 다시 내 침대로 옮겨진다. 몸에서 수술복이 벗겨지고 환자복이 입혀진다. 수술한 다리도 다시 받침 위로 올려어진다. 상반신을 일으켜 다리를 살펴본다. 역시 깁스 없이 무릎 위에서부터 발목까지 압박붕대만 감겨 있다. 이제 반 깁스에 눌려 다리에 피가 통하지 않는 일은, 발뒤꿈치가 저려 붕대를 풀었다 되감기를 반복하는 일은, 없을 것이다. 나는 내 집, 모든 것이 제 자리에 정돈되어 있는 내 방에 돌아온 듯 마음을 놓는다.

심장처럼 박동하는 다리, 둔중하고 끈질긴 동통…. 몸이 가라앉고 있다. 공기가 깊은 물처럼 내 몸을 내리 누르고 끝을 알 수 없는 바닥이 내 몸을 빨아들이고 있다. 잠들면 안

된다는 여사님의 목소리가 먼데소리처럼 들려온다. 머리에 손이 짚어지는가 싶더니 차가운 손수건이 이마에 놓여진다. 목마르지 않느냐는 말과 함께 물에 적신 거즈가 입술 사이에 끼워지기도 한다. 여사님이 애를 쓰고 있다.

생각해 보면 신기한 일이다. 얼마 전까지만 해도 나와 여사님은 전혀 모르는 사람이었다. 여사님뿐이랴, 수술해 준의사와 간호사들도, 한 방에서 지내는 환자와 보호자들도, 모두 알지 못하는 사람들이었다. 다리가 부러지는 내 생애처음 해 보는 일이 벌어진 후 나는 방금 전까지는 알지도 만난 적도 없는 사람들과 방금 전까지라면 상상도 못했을 장소에서 방금 전까지라면 생각지도 못했을 일들을 하고 있는 것이다. 마치 그들이 오랜 지기인 양 자연스럽고 친숙하게, 낯선 병실을 당연히 있어야 할 내 공간인 양 순순히 받아들이며. 자연스럽고 당연하기는 식구들도 마찬가지다. 내가 빠진 공간에서 모두들 여전한 자기 삶을 살고 있다. 내가 없어 적적하다고, 보고 싶다고, 말은 하지만… 쓸쓸해해야 하나? 아니다. 다리를 높이 올린 채 골절의 고통에 신음하던 환자, 나조차 가족이 아닌 사람들과 함께 먹고 자고 웃고 떠들곤 하지 않았던가.

언젠가 닥쳐올 내 생애 처음 해 보는 일, 죽음도 이런 것이지 않을까, 싶은 생각이 든다. 죽음도 이렇듯 불쑥 찾아와 이렇듯 자연스럽게 받아들여질 것만 같은 것이다. 죽음 너머에도 기쁘고 유쾌하고 따뜻하고 흡족한 그 무엇이 있을 것만 같은 것이다.

복도에서 낯익은 발소리가 들려온다. 남편이다. 남편이 큰 걸음으로 내게 다가오고 있다.

"고생 많았지. 긴박한 회의가 있어 어쩔 수 없었어."

그가 덥석 내 손을 잡는다. 가슴속이 아려 온다. 눈물이 찔끔 나온다.

"보고 싶었어. 너무 보고 싶었다고."

까마득한 시절의 대사다. 내 자신도 예상치 못한 내 말에 화답하듯 남편이 잡은 손에 힘을 준다. 아까의 생각에 확신이 든다. 모든 일에는 기쁘고 유쾌하고 따뜻하고 흡족한 무엇이 들어 있으리라는. 언젠가 불쑥 다가올 내 생애 처음 해보는 일, 영이별에조차. 지금 이 고통에 그러하듯….

불꽃놀이

🌿

옥상으로 나가는 문이 잠겨 있었다. 의아해 관리실에 전화해 봤다. 저녁 식사 중이므로 20분 후에 다시 오라는 답변이 돌아왔다. 먼저 가 자리를 잡아야 한다지만 너무 재촉한다 싶었다. 음료수와 과일은 일찌감치 아이스박스에 넣어 두었고 관람에 필요한 깔개 등도 미리미리 챙겨 놓은 터라 집어들고 나가기만 하면 되는데. 옥상이 그리 먼 곳도 아니고.

한강에서 불꽃 축제가 있는 날이었다. 정확히는 한화 63시티 앞과 이촌지구 한강공원 일대에서 한국 미국 이탈리아 3개국 대표 팀이 불꽃놀이를 벌이는 날. 얼마 전 마포 아파트 관리실에서 두 군데 옥상을 개방해 놓고 옥상에서 불꽃놀이를 관람할 사람을 선착순으로 모집했는데 남편이 손 빠르게 신청해 관람권을 얻어 놓은 것이었다. 남편으로서는, 퇴직 이후 열을 올리고 있는 사진 찍기에 이보다 좋은 기회가 없을 터였다.

"아빠, 이왕 사진 찍을 거면 한강으로 가시지 그래요. 여기서는 건물에 가려 좋은 사진이 나오기 어려울 것 같은데요."

철 난간 틈으로 옥상을 들여다보던 큰아들이 남편에게 말했다. 남편의 눈동자가 잠시 흐리멍덩해지는가 싶더니 이내 또렷해졌다.

"그럴까? 아예 한강으로 갈까? 그런데 사람들이 무척 많을 텐데."

남편의 급한 성격을 배려한 큰아들의 권유에 남편이 못 이기는 척 진로 변경을 하고 있었다. 아무튼 못 말리는 남편이었다. 20분을 기다리느니 그의 두 배, 40분을 걷게 되더라도 당장 뭔가를 해야 마음이 편해지는 성미를 가진. 그러나 어쩌랴, 남편의 말이 떨어지기가 무섭게 네 사람은 서둘러 엘리베이터를 탔다. 그리고 곧 남편과 큰아들이 한강에 가 자리 잡고 있으면 작은아들과 내가 야외용 옷을 챙겨 합류하기로 약속한 뒤 헤어졌다.

작은아들과 부가 준비물을 챙겨 부랴부랴 집을 나섰다. 도로를 건너 한강을 향해 걷는데 남편으로부터 전화가 왔다. 사람이 너무 많아 도저히 자리를 잡을 수 없어 다시 아파트로 돌아가는 중이니 그리로 가라는 것이었다. 여하튼 못 말리는 남편이었다, 이왕 간 김에 어떻게든 자리를 찾아볼 것이지….

돌아온 아파트 상황은 아까와 사뭇 달랐다. 아들과 나는 엘리베이터에서 함께 내린 사람들과 뒤섞여 허둥지둥 계단을 올라갔다. 열려 있는 옥상 문을 직선으로 통과하고 곧바로 마포대교에서 가장 가까워 보이는 옥상의 왼쪽 모퉁이쪽으로 뛰듯이 걸었다. 남편을 위해 아니, 남편의 군시렁을 면하려면 시야가 트인 곳에 자리를 잡아야 할 것 같아서였다.

목표했던 자리에 깔개를 깔고 다시 깔개 위에 아이스박스 등을 올려놓고 신발을 벗고 올라가 앉았다. 이제 안심이었다. 작은아들과 서로를 향해 회심의 미소를 짓고 있는데 큰아들로부터 전화가 왔다. 자리는 잘 잡았냐며, 자기는 한강공원에 있다 불꽃놀이가 끝나면 집에 가겠다며, 아빠가 화난 것은 아닌지 걱정이라고 했다. 아니, 아빠 때문에 자신이 화가 난다고 했다.

"왜? 왜 화가 나? 아빠는 화 안 났던데. 그냥 사람들이 너무 많아 도저히 자리를 잡을 수 없겠기에 도로 온다고만 하던데. 너는 기왕 간 거, 거기서 보겠다고 해서 그러라고 했다고 하면서."

"그냥, 이런 상황이 화가 나, 엄마. 내가 보기엔 조금만 찾아보면 좋은 자리 발견할 수 있겠다 싶었거든. 잘 하려고 한 건데 아빠 아니, 식구 모두한테 고생만 시킨 꼴이 됐잖아…."

우리는 괜찮다고 했다. 여기도 나쁘지 않고 아빠는 너한테 먹을 것을 못 챙겨 준 걸 걱정하고 있다고 했다.

전화를 끊자마자 다시 전화가 왔다. 남편이었다. 자리는 어디에 잡았냐며, 자신은 사람들에게 방해가 될 것 같아 그나마 한가한 중간 난간 쪽에 있어야 할 것 같다고 했다. 벌써 삼발이도 폈고 카메라도 고정시켰다며 내게 한 번 와보라고도 했다.

거리엔 조그만 틈도 보이지 않았다. 인도는 인도대로 도로는 도로대로 사람과 차가 끝없이 꼬리에 꼬리를 물고 있었다. 뒤를 돌아보았다. 옥상도 사람들로 가득했다. 대부분은 돗자리에 앉아 있었지만 버젓이 의자를 가져와 앉은 사람도 있었다. 물론 그 뒤쪽으로는 두 발 굳건히 서 있는 사람들도 많았다.

드디어 불꽃놀이가 시작됐다. 하늘이 충만해지고 있었다. 연이어 터지는 수많은 불꽃, 긴 꼬리를 남긴 채 흘러내리는 불꽃 불꽃들…. 공기마저 흔들리는 듯했다. 감탄과 함성과 박수로….

"여보, 아버님, 어머님 어디 계신지 전화해 봐요. 오실 때가 한참 지났는데 안 오시잖아요. 얘들아, 가만히 좀 앉아 있어. 사람들이 많이 모인 곳에서는 공공질서를 지켜야 한다고 했지!"

바로 옆 젊은 엄마가 남편과 아이들에게 하는 말이었다. 눈치를 보니 이곳 아파트는 시부모님 댁이고 시부모님 배려로 불꽃놀이 구경하러 왔는데 정작 시부모님이 오시지 않아 걱정하고 있는 것 같았다. 나는 가지고 온 과자와 과일을 아이들에게 건넸다.

"감사합니다."

예쁜 목소리로 예의 바르게 인사하는 여자아이. 머리를 쓰다듬어 주고 싶었지만 그러지는 못하고 대신 활짝 웃어 주었다.

"여보, 전화해 봤어요? 우리 그냥 내려갈까요? 애들도 그렇고 어머님도 그렇고, 아무래도 신경이 쓰여서 불꽃놀이고 뭐고 눈에 안 들어와요. 아, 저기 계시네. 여보, 어머님이랑 아버님 저기 계셔요. 어머님임…."

드디어 대한민국 팀의 불꽃이 하늘에서 팡팡 터지기 시작했다. 동시에 사람들의 환호성도 여기저기서 터지고 있었다.

"한화 땡큐!"

"대 한 민 국! 대 한 민 국! 역시 우리 대한민국이 최고야. 대 한 민 국!"

아득한 옛 기억이 떠올랐다. 지금으로부터 20년도 훨씬 전, 일본에서 지낼 때의.

엥겔 지수 90의 삶을 사는 가난한 유학생 부부에게 남편의 사촌동생 부부가 찾아왔다. 결혼 전 아기가 생겨 신혼여행은 꿈도 못 꾸다 딸을 부모님께 맡기고 처음으로 해외 나들이 나온 거라고 했다. 두 사람의 얼굴이 환했다. 사랑이 가득했다.

진심으로 반가웠다. 이들에게 행복한 추억을 만들어 주고 싶었다. 하지만 우리에겐 돈이 없었다. 평소에도 문화생활은 꿈도 못 꿀 때였다. 궁여지책으로 생각해 낸 것이 불꽃놀이였다. 후다코 다마카와엔 부근에서 한다는 하나비(불꽃놀이)를 남편이 기억해 낸 것이었다.

저녁은 집에서 직접 만들어 먹었다. 다른 반찬도 괜찮았는데 사촌 부부는 양배추로 만든 김치가 맛있다며 그것만 많이 먹었다.

아름다운 밤이었다. 하늘에서는 빛이 꽃처럼 피어나고 눈처럼 흩어지고 화살처럼 나아가고 비처럼 흘러내리고…. 그렇게 큰 불꽃을 본 것도, 그 큰 불꽃을 그렇게 가까이 본 것도, 처음이었다. 그리고 뭔가 모르게 축축하고 끈끈하고 풋풋하고 아련한 공기 아니, 분위기…. 어쩌면 젊은 육체들…. 그 부부에게 만들어 주고 싶었던 아름다운 광경이, 행복한 추억이, 내 것이 되고 있었다.

"대 한 민 국! 대 한 민 국! 역시 우리 대한민국이 최고야. 대 한 민 국!"

아까부터 대한민국을 외쳐대던 아이들이 이제는 몸을 일으켜 주변을 뛰어다니기 시작했다. 으하하하 웃기도 하고 서로 얼싸안기도 했다.

"엄마, 쟤네 저러면 안 되는 거지? 사람들이 많이 모인 곳에서 저렇게 뛰어다니고 시끄럽게 하고 그러면 안 되는 거지?"

"그럼, 안 되지. 너네는 그러지 마."

"엄마, 쟤네 아무래도 유치원 다니는 것 같아. 어린이집 다니는 애들은 저렇게 안 해. 칫! 유치원 다니는 애들은 다 저렇다니까!"

바로 옆 시부모님을 걱정하던 젊은 엄마와 내게 예쁘게 인사하던 조그만 여자아이의 대화를 들으며 나는 속으로 웃었다. 그리고 마음속 불꽃놀이에 대해 생각했다. 유치원과 어린이집 사이의, 시부모와 며느리 사이의, 우리 집 큰애와 남편 사이의, 나와 남편 사이의…

작은아들이 캔 맥주를 따 내게 건네며 속삭였다.

"엄마, 오늘 같은 날 데이트하면 안 되는 거 알아? 이벤트라는 게 육체적으로는 무척 부담스런 거잖아. 많이 걸어야 하고 사람들에게 부대껴야 하고. 내가 보니까 친구들 대부분이 이벤트 갔다 오면 헤어지더라. 서로 피곤해 서로 짜증내다 갈라서게 되는 거지."

그럴듯하기도 그럴듯하지 않기도 한 말이었다. 다시금 사촌동생 부부가 생각났다. 아이스하키 국가대표이기도 했던 덩치 우람한 남편과 그 남편에 매달리듯 붙어 선 자그마하고 몸매 호리호리한 어여쁜 아내. 싱그럽고 선량한 미소를 짓던 사랑스런 부부…. 시간과 돈에 쪼들려 하는 유학생 부부를 찾아와 모처럼의 즐겁고 화려한 추억을 선물한, 양배추 김치를 그렇게나 맛있게 먹던….

무엇이 이 행복한 부부에게 헤어질 마음을 먹게 했을까. 무엇이 이 사랑스런 부부의 사랑을 깨뜨린 걸까.

그렇게나 사이 좋아 보이던 두 사람이 고국에 돌아가고 얼마 지나지 않아 이혼했다는, 여전히 믿기지 않는 사실을 떠올리는 밤이었다. 하늘에서도 땅에서도 여기저기 사람들 마음속에서도 불꽃놀이가 이어지는 밤⋯.

요코우치 상

아들이 여기가 좋겠다는 눈짓을 해왔다. 가게 유리창의, 나뭇가지로 엮어 만든 미색의 커다란 물고기가 눈길을 끄는 집이었다. '요시노'라 쓰인 굵고 힘찬 붓글씨 간판에 눈길을 주며 스시 집 문을 열었다. 얼핏 눈에, 카운터 의자를 빼면 테이블이 세 개밖에 보이지 않을 정도로 실내가 좁았다. 여종업원이 권하는 대로 카운터 의자에 앉았다. 메뉴도 여종업원이 권하는 대로 스시가 12개 제공된다는 '주방장 추천'으로 정했다.

유리 공예로 유명하다는 홋카이도의 오타루, 직접 유리구슬을 구워 그 구슬로 목걸이를 만들다 식사 시간에 늦고 말았다. 이러다 저녁을 못 먹을 수도 있겠다 싶었는데 적당한 집을 찾은 것 같았다.

스시 장인이 바로 눈앞에서 생선살을 정리하기 시작했다. 여종업원이 조그만 옥색 찻잔에 차를 부어 주었다.

"25년 전, 얘가 두 살 때부터 도쿄에서 4년 살았어요."

차를 홀짝대다 나도 모르게 나온 말이었다. 스시 장인도 뜬금없다 느꼈는지 힐끔 나를 쳐다봤다. 조그만 집게로 생선살에서 뭔가를 떼어내던 손동작은 멈추지 않은 채였다.

"남편이 일본에서 공부했었거든요. 아휴, 오랜만에 일본어를 쓰려니 더듬더듬 말이 잘 안 나오네요."

그가 다시 내 쪽을 힐끔 쳐다보았다. 이번에는 하던 일을 멈추지는 않았지만 잘 통하고 있으니 걱정 말라는 말을 덧붙였다. 그런데 이상했다. 고개를 살짝 숙인 채 상대를 갸우뚱 바라보는 그의 태도가, 내뱉지 않고 삼키듯 말하는 그의 음성이, 낯설지 않게 느껴지는 것이었다. 석연치 않은 느낌을 품은 채 내가 말했다.

"오늘 일본의 진짜 스시를 먹어 보겠네요. 유학생으로 있을 때는 가난해서 비싼 스시 집은 근처에도 못 갔거든요."

그가 아들과 내 접시 위에 스시를 한 점씩 올려놓았다, 비스듬한 시선으로 우리 쪽을 바라보며 'ㅇㅇ데스'라 웅얼대며.

ㅇㅇ데스? ㅇㅇ가 무엇인지 알아듣지 못했지만 나는 잠자

코 젓가락을 들었다. 옆에 앉은 아들도 이미 천하진미를 먹고 난 사람의 표정을 지으며 젓가락을 들었다. 곧 아들과 내 젓가락은 각자의 스시를 향해 뻗어 가고, 스시를 집어든 젓가락은 천천히 조심스레 각자의 입으로 되돌아왔다.

살짝 숙성된 생선살과 와사비 향⋯. 저절로 눈이 감겼다. 부드러운 촉감과 연둣빛 향기가 입 안 가득, 코를 통해 머릿속까지 날아오르고 있었다. 동시에 가장 가난하면서 가장 부자였던 일본에서의 내 모습들이, 가장 힘들면서 가장 친밀했던 가족과의 순간들이, 풍선처럼 구름처럼 머릿속을 떠다니기 시작했다. 순간 깨달았다, 고개를 살짝 숙인 채 사람을 비스듬히 바라보는 스시 장인이 누구를 닮은 것인지, 소리를 삼키듯 말하는 그가 누구와 비슷한 것인지. 그 누구는 다름 아닌 요코우치 상이었다, 노총각 사장님 요코우치 상.

일본에 오고 서너 달 후의 일이었다. 어느 날 슈퍼를 가려 현관을 나가는데 한 남자가 높이 쌓아 올린 박스를 아슬아슬 들고 오는 것이 보였다. 도와줄까 싶기도 했지만 말하는 게 번거로워 멈칫멈칫 지나쳤다. 우리 부부가 일본 생활을 시작한, 유학생 회관이라 불리는 가족 기숙사에서였다. 그런데 그 박스들은 쇼핑한 물건이 아니었다. 며칠 후 알았지만 그 상자 속에는 집에서 하는 일감이 들어 있었다.

몇 주 후 회관 선배격인 수지 엄마를 통해 나도 일감 그러니까 그날 봤던 그 남자, 요코우치 상을 소개받았다. 일은 간단했다. 소형 전자 제품의 커버를 꼼꼼히 살펴 티가 묻어 있거나 모양이 불량한 것을 골라내 주면 되는 일이었다. 집에 있기를 좋아하는 나로서는 할 만한 일이었다.

요코우치 상의 성실한 거래처가 되어 열심히 일했다. 약속을 지키기 위해 밤을 새기도 하고 남편의 도움을 받기도 해가며…. 버는 돈은 정말 적었다. 마트에서 아들의 빨간색 반바지를 사고 패스트푸드점에 들러 간단히 뭘 사 먹으면 없어지는 수준이었다. 그래도 기뻤다. 뭔가를 하고 있는 내 자신이 뿌듯하고 가족에게 도움이 되는 내 자신이 자랑스러웠다.

아들이 어린이집에 들어가면서부터는 도쿄 에비스에 있는 요코우치 상의 조그만 공장에 나갔다. 특이한 공장이었다. 종업원들이 모두 나처럼 유학생의 아내였다. 그곳에서 나는 조그만 인두로 부품을 붙이는 일을 했다. 인두를 누르는 오른손 힘의 조절이 필요한 쉬운 듯 어려운 일이었다. 공장의 일 중 시급이 가장 높은 일이기도 했다.

공장 생활은 재미있었다. 아들을 장시간 어린이집에 맡기는 것이 안타깝기는 했지만 여러 국적의 여인들과 일본 가요를 들으며 일하는, 일본어도 영어도 아닌 이상한 언어로 깔깔대는, 그 시간이 즐거웠다. 그곳에서 우리는 종업원도 이주 노동자도 아니었다. 서로가 서로에게 언어도 종교도 생김새도 각기 어여쁜 각 나라 대표였다. 요코우치 상도 그곳에서는 사장님이 아니었다. 언제든 기껍고 친절한 상대가 되어주는 회화 선생님, 유학 생활의 어려움을 이해하고 격려해주는 고민 상담자였다.

"니신데스."

스시장인이 접시 위에 올려준 스시를 음미하며 스마트폰으로 슬쩍 니신을 검색했다. 청어였다. 맞아, 니신이 청어였지….

대학교 1학년 때 제2 외국어로 일본어를 배웠다. 열심히 공부했다. 집안 형편이 어려워 장학금을 꼭 받아야 했기 때문이었다. 결혼하고 남편이 일본 유학을 결심한 후로는 더욱 열심히 일본어를 공부했다. 하지만 막상 일본에 오자 그게 그것이 아니었다. 하고 싶은 말은 어떻게 한다 해도 듣지를 못했다. 속도 때문이었다. 그 빠른 말을 듣고 있으면 내가 알고 있는 단어도 알고 있지 않은 것이 되어 버리곤 했다.

요코우치 상과도 말 때문에 해프닝이 많았다. 일하고 얼마지 않아 가족 소풍을 가자는 제안을 받을 때는 그 간단한 말을 알아듣지 못해 십여 분을 쩔쩔 맸을 정도였다. 하필이면 가자는 날짜가 20일인 게 문제였다. 일본어는 이상했다. 20이 니주면 20일도 일日만 그러니까 니치만 덧붙여 니주니치라고 하면 되지 왜 그걸 굳이 하츠카라고 부르는지 알다가도 모를 일이었다. 가려는 곳이 도자기 축제장인 것도 문제였다. 요코우치 상은 자꾸 야키모노[1] 야키모노 하는데 내 머릿속에서는 야키니쿠 그러니까 불고기만 떠오를 뿐이었다. 소풍은 즐거웠다. 공장 동료들의 남편과 아이들도 만나고 작은 것이나마 쇼핑도 하면서….

요코우치 상의 공장에서는 8개월 정도밖에 일하지 못했다. 일본어능력시험 1급에 합격하면서 아남산업 도쿄 사무실에 취직이 됐고 덕분에 공장을 그만둔 때문이었다. 능력시험은 일본에 간 다음해에 치렀다. 처음 치르는 시험이었지만 무작정 1급을 봤다.

윽, 매워! 나는 급히 코끝을 손가락으로 모아 잡았다. 머리를 주먹으로 살살 치기도 했다. 따로 내준 와사비를 젓가락으로 떠내 스시에 얹었는데 그 양이 지나친 모양이었다. 아니 어쩌면, 코를 울려대는 매운 기운에 코끝을 모아 쥐고 머릿속을 돌아다니는 굵은 전류에 머리를 쳐대다 눈물까지 찔

곰 흘린 건 나를 향해 엄지를 내밀며 외치던 요코우치 상의 '아나타 에라이'[2]와 얼굴에 피어나던 그 어색한 표정이 생각 난 때문인지도 몰랐다. 집에서건 공장에서건 잠시 틈에도 수 험생티를 내던 그 시절 그때의….

"어라. 이 문제 답 정말 4번이에요? 이상하다. 왜 그게 4번 이지? 그런데 참 신기하네. 현 상, 말은 잘 못하면서 어떻게 이런 문제는 풀어? 일본 사람인 나도 모르겠구먼."

문법 문제였다. 언제인지 모르게 다가온 요코우치 상이 어 깨 너머로 문제를 풀어 본 것이었다. 시험 보던 습관이 있어 서인지 때려 맞추기는 제법 잘하던 나였다.

"우니데스, 이쿠라데스."

한꺼번에 스시 두 점이 접시에 올랐다. 둥그렇게 세운 김 에 성게 알과 연어 알을 채운 것들이었다. 마지막이 안타깝 다는 듯 더욱 조심스레 다가가는 아들의 젓가락. 처음과 같 이 진지한 자세로 스시를 먹어 치운 아들이 정말 맛있었다 며 꿈같은 표정을 지었다.

"우리 더 먹을까?"

아들은 아니라고 했다. 조금 더 먹고 싶다 싶은 이 정도 가 딱 적당하다고 했다. 우리의 말을 느낌으로 알아들었는지 스시 장인이 여종업원에게 고갯짓을 했다. 종업원이 아들과 내 찻잔에 다시 차를 따라 주었다. 스시 장인의 빠른 손놀림을 보며 천천히 차를 마셨다. 우리가 끝인 줄 알았는데 곧 들이닥칠 예약 손님이 있다며 그가 채소를 다듬기 시작한 것이었다.

이제 일어나야 했다. 다음 손님을 위해 자리를 비워 줘야 했다. 하지만 나는 차를 홀짝대며 머뭇거리고 있었다. 마치 고맙다는 인사도 못한 채 영 헤어져 버린 요코우치 상과 다시 이별하는 것처럼 아니, 궁색과 곤란을 젊은 육체와 가족 사랑으로 헤쳐 나가던 그 시절의 그 끈끈한 추억에서 빠져나가기 싫다는 듯….

아들이 다 드셨냐는 표정으로 나를 쳐다봤다. 결단하듯 일어서며 내가 말했다.

"고치소우사마데시다."[3]

스시 장인이 요코우치 상처럼 우리를 향해 배시시 웃고 있었다.

1. やきもの: 도자기.

2. ぁなたえらい: 당신 훌륭해.

3. ごちそうさまでした: 잘 먹었습니다.

3부

제주 2년 그림일기

투란도트

아침 청소를 하고 신문을 읽는데 초인종이 울린다. 동생 경원의 식구들이다. 목요일, 부부가 손자와 함께 제주에 왔는데 며느리가 예약해 준 호텔이 우리 집과 멀어 연락하지 않다가 공항 가는 길에 잠깐 들렀다고 한다.

경현이 내려준 커피와 이것저것 갑자기 마련한 과자 등을 먹고 마시다 현관을 나선다. 마당의 물웅덩이마다 달려가 철

벅대는 동생의 손자. 짜식, 귀엽다.

부러움을 삼키며 차에 오른다. 동생 가족은 공항으로, 나와 경현은 문예회관으로 출발한다.

회관에 도착해 예매한 표를 바꾸는데 이상하다. 현장 구매 하면 50%를 할인해 준단다. 깎아 주려면 미리미리 예매한 충성 고객에게 해 줘야지 어떻게 자기 사정 봐가며 뒤늦게 구매하는 현장 고객에게 혜택을 주는가 싶어 내가 프런트에 말한다.

"저희 3만 원씩 두 사람, A석으로 예매했거든요. 이 표 취소한 셈치고 현장 구매 R석으로 바꿔주면 안 될까요? 만 원 남는 거는 저희가 포기할게요."

안내직원이 흔쾌히 그렇게 해 주겠다고 한다. 괜히 경현 앞에서 우쭐해진다.

오페라 《투란도트》 공연은 그냥 그랬다. 하기는 서울의 대형 콘서트홀과는 입장료부터 달랐으니까. 줄거리가 간략히 요약되어 있어 내용이 쉽게 다가온 건 장점이었다. 《투란도트》를 처음 보는 사람이나 아이들에게는 좋았을 것 같다.

집으로 가는 길, 평화로에 들어서면서부터 안개가 앞을 가린다. 20m 앞도 볼 수 없는 무지막지한 안개다. 비상등을 켠 채 조심조심 기어가는 차 안에서 얼음공주가 낸 수수께 끼의 답을 떠올린다. 환상으로 이끄는 희망과 석양과 같이 붉게 끓어오르는 피, 그런 피(사랑)를 얼어붙게 하는 투란도 트라….

그런데 이거 문제 있지 않나 싶다, 칼라프가 완력으로 투란도트를 끌어안는, 끌어안고 키스하는 것은. 내가 속으로 따지듯 칼라프에게 항의한다.

'칼라프, 상대가 원하지 않을 때, 키스 그런 거 하면 안 돼요. 그거 성추행이거든요. 투란도트가 마음을 바꾸어 당신의 사랑을 받아들였기에 망정이지 그렇지 않았다면 당신은…. 그것이 사랑이라 할지라도 남에게 강제하는 것은 옳지 않아요. 세상 아무리 좋은 것이라도, 사람에게는 거절할(원하지 않을) 자유가 있는 거거든요.'

안개가 점점 더 심해진다. 이제 앞 차의 브레이크 등도 보이지 않는다. 《바람과 함께 사라지다》에서 스칼렛 오하라의 마지막 독백 장면이, 《오만과 편견》에서 엘리자베스의 새벽 산책 장면이, 동시에 떠오른다. 《투란도트》를 봐서일까? 자기가 무엇을 원하는지 알고 있고, 자기가 무엇을 원치 않는지 말할 수 있는 여성을 보고 난 뒤여서? 세 명 다, 마음이 원하는 것과 원하고 있다고 믿는 것이 살짝 어긋나 있기는 했다. 그러고 보면 우리는 안개 속을 보듯 희미하게 볼 뿐이다, 자기 마음조차도.

마르크 샤갈전

방금 《샤갈전》을 보고 나왔다. 장소는 강남 봉은사로에 있는 M컨템포러리 아트센터. 팔 다리 어깨 허리가 아파 일단, 지올리띠라는 카페에 들어간다. 교보문고에서 책을 보고 있을 경현에게 이쪽으로 오라 전화하면서다.

솔직히 실망이다. 서울에 와서, 하고 싶은 많고 많은 일 중에서 고르고 골라 간 전시회인데, 오랜만에 참석한 동서

문학회 소설 분과 애프터마저 뿌리치고 간 전시인데….

　실망한 이유는 단순하다. '샤갈의 회화 소묘 판화 등 그의 다양한 작품들을 통해 그의 시각 예술의 주요 테마와 스타일을 볼 수 있다'고 선전(?)한 전시회의 전시 작품 대부분이 판화였기 때문이다. 그것도 동판화. 동판화가 싫은 건 아니다. 아니, 에칭을 너무 좋아해 한동안 배우기도 했었다. 오죽하면 전시회 가기 전 최종 교정을 본 올해 동서문학회 동인지 작품이 동판화를 소재 삼아 쓴 것이랴. 그러니까 문제는 동판화, 석판화가 많아도 너무 많았다는 것.

　아메리카노가 2천 원? 내가 내 귀를 의심한다. 어버이주간을 기념해 카페에서 할인 행사를 하고 있단다. 경현과 내가 각각 한 잔씩 마셔도 4천 원! 경현을 통해 전해진 복된 소식에 씁쓸해야 할 커피가 달콤 부드럽게 목구멍을 넘어간다. 이렇게 쉽게 실망감을 털어버려도 되나 싶게 기분이 급 좋아지고 있다(이러니 싸구려라는 말을 듣는 거다. 내 행복감…).

　흐뭇한 마음으로 커피를 홀짝이며 전시 안내지를 들여다본다.

　아…!

　〈길 위에 붉은 당나귀〉를 보는 순간, 아까 전시장에서처럼 경현의 일본 유학 시절이 떠오른다. 길 위에 선 슬프고 애처로운 세 식구의 모습이. 아픈 배에 손을 올린 채 힘겹게 걸음을 떼고 있는 경현과 한쪽 손으로는 희범의 손을 쥐고 한쪽 손으로는 경현의 팔을 부축하던 배불뚝이 내 모습.

맹장염이었지만 경현은 수술을 거부했다. 논문 심사가 목전이라 입원할 수 없다는 게 이유였다. 이번 학기가 문부성 장학금 수혜의 마지막 학기인데 심사를 못 받으면 다음 학기, 세 식구 뭘 먹고 사냐고 했다. 어처구니없는 것은 이 어이없는 주장을 의사가 받아들였다는 것. 경현의 다급함에 의사가 깊이 동감해 준 것이리라. 결국 경현은 2주의 통원 치료를 받으며 약물로 맹장염을 극복했다. 병원까지 전철을 타고 걷고 하면서… 내 느낌의 기억으로는, 통원 치료를 받기 시작한 첫 며칠은 경현이 한 걸음을 떼는 데 10초 이상 걸렸다. 그렇게 택시 값마저 아낀 한 걸음 한 걸음으로 붐비는 전철을 타고 병원을 다녔다. 그것도 흩어지면 죽기라도 하는 양 배부른 아내와 어린 아들까지 똘똘 뭉쳐 데리고….

내게 그런 시절이 있었다, 슬프고 안타깝고 애틋한, 되돌아보는 지금은 잔잔한 울림으로 그리워지는 그런 시절이….

좋은 곳으로 가거라

좀 더 깊이 묻었어야 하지 않았을까. 뭔가 표식이라도 남겼어야 했을까.

밤새 불안했다. 누군가가(들짐승 중 어떤 녀석이) 해피를 파헤치면 어떡하나 싶어서였다. 나와 경현처럼, 반려동물이 죽어 어딘가 묻을 곳을 찾던 사람이 우연히 하필이면 같은 장소를 고를 수도 있었다.

어제, 저녁을 차리고 녀석이 좋아하는 소시지 밥을 만들 때였다. 그릇을 들고 돌아서는데 쓰러질 듯 비틀거리는 녀석이 눈에 들어왔다. 달려가 조용히(막 수저를 든 아버님과 경현을 배려해) 녀석을 안고 2층으로 올라갔다. 녀석의 목이 길게 늘어지더니 안고 있는 내 팔 밑으로 힘없이 툭 떨어졌다. 숨소리가 가빴다.

걱정은 됐지만 설마 했다. 기관지가 비대해진 녀석은 이전에도 흥분하면 호흡 곤란 상태가 되어 잠시 기절하곤 했기 때문이었다. 녀석이 배에 힘을 주는 게 느껴졌다. 한 번 두 번 세 번. 이런 적은 없었는데 싶어, 안쓰러운 마음에 응원하듯 녀석의 머리를 쓰다듬어 주었다. 곧 냄새가 피어올랐다. 바닥에 내려놓고 녀석을 살펴보았다.

휴지를 가져와 녀석의 그것을 닦아주고 다시 안으려 녀석의 몸 밑으로 손을 넣었다. 그런데 들어 올리려는 순간 녀석의 몸이 젖은 빨래처럼 밑으로 축 늘어지는 게 아닌가! 녀석을 더 힘들게 하는 것 같아 그대로 바닥에 내려놓았다.

녀석이 누운 채 네 발을 뻗치며 토해 내듯 크게 숨을 내쉬었다. 한 번 두 번 세 번…. 일곱 번까지 숨을 뱉어낸 녀석의 입이 조금씩 벌어지는가 싶더니 혀가 흘러나왔다. 겁이 덜컥 났다.

"해피, 너 진짜 죽는 거야?"

녀석의 목에 손을 대 보았다. 호흡이 느껴지지 않았다. 배에 귀를 대 보았다. 숨이 느껴지지 않았다. 조용히 눈물이 솟구치고 있었다.

판포오름. 차에서 내리자마자 해피의 무덤을 향해 달리듯 걷는다. 사방이 조용하다. 아니, 산새들이 시끄럽다. 이렇듯 화려한 정적이라면 해피도 좋아할 것 같다.

무덤은 다행히 만들어둔 상태로 온전하다. 다른 동물이 냄새를 못 맡도록 경현이 삽으로 흙을 퍼와 봉분(?)을 높이고 나는 혹여 다른 사람이 건드리지 않도록 나무십자가를 무덤 한쪽 옆에 꽂는다. 바람이나 비에 흙이 쓸리지 않도록 Y자형 나뭇가지를 주워 무덤 위를 덮는 것도 잊지 않는다.

"해피야, 잘 산 거지? 가족과의 16년, 행복하게 산 거지? 이제 나는 너 없이 어떨지 모르겠다. 해피야, 좋은 곳으로 가거라. 아주 아주 좋은 곳으로…"

유난히 맑고 파란 하늘로 강아지 같은 구름이 흘러간다. 새들이 다시 시끄럽다.

2018. 7. 6

월령리 손바닥선인장

겹겹의 노란 꽃잎을 파고들며 벌 한 마리가 열심히 꿀을 따고 있다. 꽃 위쪽으로 다른 벌 한 마리가 붕붕 날고 있다. 꽃가루가 녀석의 몸에서 뚝뚝 떨어진다. 딸 만큼 땄어도 꿀을 남겨두고 가려니 발이(날개가?) 떨어지지 않는 걸까.

한라일보에서 월령리 선인장 사진을 발견하고 스마트폰을 찾아 집어 든다. 일전에 집 앞에서 찍은 선인장 사진이 생각

나서다.

제주살이를 결심한 후, 땅 사고 설계 맡기고 집 지어 이사하기까지 1년 반 정도나 걸렸을까? 고민하고 연구한 시간이 짧았던 탓에 이사하고 알게 된 것이 많다. 판포리 바람이 정말 세다는 것, 그 바람을 타고 비가 360도 회전하며 내린다는 것, 북쪽에서 불어오는 그 무지막지한 바람이 겨울에만 위력을 부린다는 것, 내가 바다 냄새를 무척이나 좋아한다는 것 등이다. 당연히 그러리라 생각한 공기와 물의 신선함이 내 예상을 넘어서는 수준이라는 것 또한. 그뿐이랴, 제주의 콜라비가 얼마나 아삭하고 달콤한지도, 브로콜리가 얼마나 감칠맛 나는지도, 당근은 또 얼마나…. 손바닥선인장의 매력도 이사하고 나서 안 것 중 하나다.

선인장을 처음 발견한 것은 동네를 산책할 때였다. 길을 따라 아무렇지 않게 돋아 있는 선인장이라니! 다육식물이라 불리며 가정집 거실에 놓인 화분이나 수목원 온실 속에서 보아 오던 선인장이 야생화인 양 길가에 마구잡이로 피어 있는 것이 신기했다. 빵떡모자인 양 얹히고 또 얹힌 이파리들은 다육식물에서 흔히 보듯 초록이나 연두색이었지만 밑쪽 잎은 노랗거나 누렇거나 허여스름했다. 예뻤다. 대체로 새로 난 것이 사랑스럽고 어린 것이 어여쁘듯 선인장도 막 나온 새 잎이 앙증맞고 귀여웠다.

여름이 되면서 깜짝 놀랐다. 안 그래도 깜찍한 선인장인데 녀석들이 노란 꽃을, 그것도 너무도 고귀한 모습으로 피워낸 때문이었다. 사진을 찍지 않을 수 없었다. 비치듯 얇은 노란 꽃잎이 겹겹의 노방주 이불이기라도 하듯, 벌 한 마리가 꽁지를 위로 한 채 몸의 반을 꽃 속에 파묻고 있는 장면이었다. 붕붕붕 신이 난 다른 벌들은 그 탐스런 꽃봉오리 둘레를 돌고 있었다.

녀석들의 이름이 '손바닥'인 것과 자생지가 판포리의 바로 이웃, 월령리인 것은 이웃을 통해 알았다. 생명력이 무척 강해 함부로 심었다가는 녀석들에게 마당을 완전히 접수 당한다는 것도…. 하기는 원산지 멕시코에서부터 소금기와 태양빛을 견디며 그 넓은 바다, 태평양을 헤엄쳐 온 녀석들이었다. 무엇인들 못하랴.

선인장 사진을 들여다보다 글 숙제를 떠올린다. 알게 모르게 아니, 알게(!) 마음이 눌리고 있었던 것이리라. 선인장으로 한번 써볼까? 그러고 보니 정 권사님이야말로 백년초다! 마당에 들어온 뱀을 스스로 삽으로 내리찍을 만큼 강인한,

여섯 명의 아들딸과 그 아들딸의 아들딸까지 다함없는 사랑으로 길러낸, 애정이란 이름으로 포장된 남편의 속박과 경제적 곤란을 감사로 견뎌낸, 그 험난한 70년 세월을 올곧은 자세로 우아하고 아름답게 살아낸, 권사님이야말로…

황급히 신문을 접고 책상으로 간다. 노트북을 연다.

따라비오름에서 다람쥐를 걱정하다

저 멀리 한라산이 보인다. 오름 밑 언덕배기에서는 풍력 발전기가 돌고 있다. 발전기 주변은 온통 태양열 패널이다. 등 뒤로는 입을 다물 수 없을 정도로 아름다운 완만한 능선이 겹겹이 늘어서 있고 분화구들이 바구니인 양 하얗게 핀 가을 억새를 담고 있다.

따라비오름 정상의 나무 벤치다. 놓친 사진이 있다며 다시 분화구로 내려간 경현을 기다리며 무심히 풍력 발전기를 바라본다. 발전기 밑으로 그림자가 길게 늘어져 있다.

그런데 그림자가 있다 없다 한다! 날개가 돌면서 그림자도 함께 돌고 있다. 갑자기 걱정이 몰려온다. 다람쥐 같이 작은 동물들이 이 상황을 어찌 이해하랴 싶어서다.

우연히 그림자 속에 들어간, 머리 좋고 호기심 많고 봉사와 도전 정신까지 갖춘 우울질 다람쥐 한 마리를 상상해 본다. 녀석, 리듬에 맞추듯 선명하게 반복되는 빛과 어둠의 교대와 국자로 죽을 젓듯 공기를 저어 대는 해괴한 소리에 무지막지한 공포를 느끼지 않을까? 암흑이 빛으로 바뀌는 타이밍에 걸음아 나 살려라, 자기 굴로 줄행랑치지 않을까? 모르긴 몰라도 녀석, 두문불출 구멍에 박혀 겪은 바 괴이한 상황을 곱씹으며 자신의 비겁을 자책하리라.

어느 날 녀석이 큰 결심을 한다. 다람쥐류類를 위해 자신의 다람쥐생生을 바치기로. 그러니까 이 사태의 근원을 파악하는 데 자신의 모든 것을 바치기로. 당장 굴을 나온 녀석, 날이면 날마다 그림자에 접근해 상황을 관찰한다. 결국 녀석은 암흑도로가 거대한 은회색 구조물과 만나는 지점에 다다르게 되고…. 무지 큰 나무 같지만 결코 나무가 아닌, 인간이라면 거대 기둥 혹은 바벨탑이라 부를 성 싶은 그것 앞에서 좌절을 느낀다. 미끄럽고 가팔라 기어 올라갈 수 없는 것은 물론, 너무 높아 고개를 있는 힘껏 젖혀도 그 끝을 볼 수가 없어서다. 그래도 성과는 있어, 그것이 신보다는 인간과 관련 깊다는 것과 그것이 소리 외에는 다람쥐 삶에 결정적 해악을 끼치지 않음을 알아낸다.

갑자기 스마트폰이 울린다. 경현이다. 내려가자며 올라왔던 길 쪽으로 되돌아오라고 한다. 엉덩이를 털며 벤치에서 일어난다. 우리의 우울질 다람쥐를 향해 격려의 손을 흔들며 능선을 걷는다. 녀석의 연구는 지금도 계속되고 있으리라. 죽마고우 다람쥐의 꼬드김과 피앙세 다람쥐의 애무를 견디며…. 그런데 이 일을 어쩐다. 그것의 둘레가 자신의 걸음으로 몇 걸음인지는 탐사로 알아낼 수 있겠지만 그 높이가 자신 몸길이의 몇 배인지를 알아내려면 슈퍼컴퓨터부터 만들어야 할 것 같은데….

새삼 과학자와 철학자와 수학자와 언어학자와 기타의 모든 학자들에게 감사를 보낸다. 나는 연구 같은 것 하지 않아 참말 다행이라는 생각과 함께다.

오늘의 운세

'수척한 소라도 뿔은 수척하지 않다.'

신문에서 오늘의 운세를 읽는 순간, 소라들이 부움히 눈앞에 떠오른다. 어제 갓 잡았다며 이웃 해녀분이 가져온 것을 은동 집사님이 다시 우리에게 나누어주신 뿔소라들이다.

받자마자 검은 봉지에서 싱크대로 부어진 소라들은 무게를 재어 오기라도 한 듯 크기가 비슷비슷했다. 이 어여쁜 것들을 몽땅 죽여야 그리고 먹어야 하는 사태에 살짝 난감했지만 그보다는 반찬 하나를 벌었다는 기쁨이 나를 압도했다. 집사님이 가르쳐주신 대로 울퉁불퉁한 겉껍질을 물로 헹군 뒤 차분히 소라를 끓였다. 지시를 따르지 않은 것은 딱 하나, 물이 끓으면 즉시 불을 끄라고 했는데 5분을 더 끓인 뒤 불을 껐다. 불안해서였다. 속이 익지 않으면 어떻게 하나, 바다 냄새가 많이 나면 경현이 못 먹을 텐데, 걱정이 되어서였다.

소라 속을 빼내는 건 생각보다 어렵지 않았다. 집게로 소라딱지의 귀퉁이를 누르면 딱지가 기우뚱 균형을 잃으면서 떨어져 나갔다. 딱지만 떼고 나면 알맹이 꺼내기는 식은 죽 먹기였다. 딱지는 잘 씻어 소쿠리에 따로 건져뒀다. 하얗고 오톨도톨한 앞면과는 또 다르게 불규칙한 나선이 동글동글 돌아가는, 밤색이기도 하고 갈색이기도 한, 딱지의 뒷면이 너무도 예쁜 때문이었다. 소라는 쫄깃하면서도 부드러웠다. 덕분에 어제는 오랜만에 와인까지 마셨다.

오늘의 운세로 돌아와, 소라가 수척하다는 말의 뜻을 생각해 본다. 잘 모르겠다. 혹시 껍데기는 크고 화려한데 정작 그 속에 든 살이 크지도, 보암직도 하지 않음을 말하는 걸까? 그렇다면 오늘의 운세는 비록 몸은 힘들더라도 명예를 드높일 일이 생길 거라는 뜻? 아니지, 그 반대지! 그럼 겉만 번드르르 좋아 보일 뿐 속 문드러질 일이 생길 거라는 뜻? 고개를 갸웃하며 스마트폰을 집어 든다. 아무리 생각해도 매일 집에서만 뒹구는 내게는 그럴 만한 일이 생길 것 같지가 않다.

이런! 소라가 아니고 소였어?! '소 라도'를 '소라 도'로 읽은 거야, 내가?
그러니까 오늘의 운세는 부족하거나 약해 보여도 얕잡아 보지 말고 정중하고 진실하게 대해야 한다는…?!

소라와 함께 마신 와인에 이제야 얼굴을 붉히며 새삼 소라에게 뿔이 있었던가 생각해 본다. 혹시 소라껍질에 삐죽빼죽 솟아 있던 거 뿔 아니고…? 그럴 리가, 이름부터 뿔소라인데…?
오늘만큼은 오늘의 운세에 두 손 두 발 다 든다. 읽고도 마음에 담아 두지 않는 운세 독자 내게, 한 줄 문장도 얕잡아보지 말고 정중하고 진실하게 대해야 함을 예고하고, 기어이 내 어리석음을 깨닫게 했다. 오늘은 물론 내일도 모레도 아니, 미래의 언젠가까지 기억할 오늘의 운세로 새겨놓았다.

2018. 11. 10

환상숲, 곳자왈

"곳자왈Gotjawal은 제주의 천연 원시림으로 용암이 남긴 신비한 지형 위에 형성된 숲이에요. 곳자왈은 곳과 자왈의 합성어인데요, 곳은 숲을 의미해요. 자왈은, 자갈로 알고 있는 사람이 많은데 그렇지 않고요, 넝쿨이나 가시가 엉켜 있어 농사를 지을 수 없는 땅을 말하지요. 여기 이 나무를 보세요. 뿌리는 하나인데 줄기는 하나가 아니지요. 땔감을 구해 마을 사람들이 여기 이곳을 자른 거예요. 그러면 가지는 눈을 내서 다시 가지를 뻗고. 줄기가 자라면 다시 마을에서 땔감을 구해 가지를 베어내고…. 그렇게 긴 세월이 흘러 이렇게 한 뿌리에서 여러 줄기가 나오게 된 거지요."

주변을 돌아봤다. 나무마다 굵은 넝쿨이 감아 오르고 나무줄기와 바위엔 온통 콩짜개난과 아이비가 붙어 있었다. 심지어 바로 앞, 나무를 칭칭 감고 있는 칡넝쿨 굵기의 아이비는 동물의 털처럼 조밀하게 갈색 실뿌리를 공중에 뻗고 있었다. 마침 해설사가 들고 있던 나뭇가지로 털뿌리의 한 부분을 가리켰다. 우와! 그 털뿌리에는 너무 작아 가짜처럼 보이는 앙증맞은 아기 이파리가 돋아나 있었다! 그러니까 할머니의 할머니의 할머니 나무가 새 아기 잎을 돋워낸 거였다.

"여기 환상숲에는 식물 800여 종, 고사리 100여 종이 자라고 있어요. 땅에 뿌리를 내렸다 해도 진짜 경쟁은 햇빛이지요. 지금 이 순간에도 어떻게든 더 많은 빛을 차지하기 위해 보이지 않는 치열한 싸움이 벌어지고 있어요. 여기 소나무를 한번 봐 주세요. 몇 년 후, 다시 이곳에 오면 어쩌면 이 나무를 보지 못할 수도 있어요. 햇빛 때문이에요. 주변 활엽수들이 소나무보다 높이 자라 햇빛을 막으면 소나무가 죽게 되는 거지요. 일반적으로 활엽수들의 성장 속도가 침엽수보다 빠르거든요. 어떤 분들은 소나무에 들러붙은 저 갈등을 떼어내 줘야 하는 거 아니냐고 묻기도 해요. 저는 고개를 젓습니다. 물론 소나무는 사랑 받는 수목이지요. 소나무 싫어하는 사람은 별로 없을 거예요. 우리 입장에서 소나무가 귀하다고 소나무 편만 들어줘야 할까요? 저 갈과 등도 자연 안에서 귀한 존재인 걸요. 여기 보세요. 여기 등나무를 끊어냈더니 어떤 일이 벌어졌나요. 이곳에서 자라던 콩짜개난도 이끼도 다 죽었어요. 사람이 자연에 해 줄 것은 없다고 생각해요. 자연의 일은 자연에 맡기면 되는 거지요."

설명을 마쳤는지 해설사가 이제부터는 자유롭게 주변을 돌아보셔도 된다며 꾸벅 고개를 숙였다. 박수와 함께 마주 인사를 한 후 슬그머니 무리를 빠져나왔다. 지나쳐 온 길을 거슬러, 음영이 짙어져 가는 신비한 곶자왈을, 혼자 걸어보고 싶었다.

호젓한 숲길이 잔잔한 행복감을 불러일으켰다. 일본에서 살 때 이 비슷한 숲길로 가족 나들이를 함께 갔던 재혁이 엄마가 생각났다. 뭐든 좋은 것이 생기면 남편이 학위 마치고 고국에 돌아가면 쓰겠다며 꽁꽁 쟁여 놓곤 하던 이웃 친구였다. 미래의 행복과 영광을 미리 보며 현재의 곤란과 어려움을 이겨내던 아니, 나중의 행복과 영광을 더욱 크게 하기 위해 현재의 즐거움과 기쁨을 저축하던 그녀는 지금 어떻게 지내고 있을까. 여전히 행복을 미루고 있지는 않겠지….

환상숲은 이름처럼 아름다운 숲이었다. 규모는 작지만 이야깃거리가 많아 다시 한 번 가보고 싶은 곶자왈이었다. 하지만 그곳은 엄밀히 사람이 '가공한' 자연이었다. 사람이 잘 '가꾸어' 놓은…. 그래서 '곶자왈이란 이런 곳이구나'를 학습할 수 있는 원시림.

2019. 6. 23

당근케이크

당근케이크를 잘라 입에 넣는다. 이 얼마나 오랜만에 먹어보는 당근케이크인가! 내가 상상했던 것과는 맛이 조금 다르기는 하다. 하기는 그냥 당근케이크가 아닌 호두당근 케이크니 맛이 다른 것이 당연하겠다. 미국에서 먹던 계피향 진한 오리지널 (?) 당근케이크가 그립기는 하지만, 흠… 그래도 좋다, 맛있다.

테이블 옆, 문이 열리며 한 가족이 들어온다. 젊은 부부와 대여섯 살 어린 자녀 둘이다.

"엄마, 우리도 당근케이크 먹어. 당근케이크! 당근케이크! 당근케이크!"

오빠로 보이는 소년이 내 테이블과 엄마를 번갈아 보며 외친다. 소년의 느닷없는 외침에 괜스레 내가 새치름해진다.

'그래 너도 먹어 보렴. 정말 맛있어.'

그건 그렇고 녀석 어떻게 알았는지 모르겠다. 내 눈에는(크림치즈가 둥그렇게 올리어져 있고 옆 표면에 자잘한 호두가 오톨도톨 박힌, 크기도 둥그렇게 제법 큰) 그 생김이 전혀 당근케이크 같지 않아서다. 어쩌면 녀석, 여기서 이미 먹어 보았는지도 모르겠다.

카운터를 향해 우르르 몰려가는 한 가족의 소란을 귀로 느끼며 행복을 만끽한다. 어쩌면 평화인지도 모르겠다.

케이크 한 조각에 커피 한 모금…. 여전히 맛있다. 시계를 본다. 5분만 더 있으면 떠나야 할 시간. 오늘은 올림픽공원에서 북촌시사 모임이 있다. 필요 없는 고백을 하자면 내가 아침부터 그것도 혼자, 스타벅스에 온 것은 글사모 동지 희영 씨가 보내준 기프티콘 기한이 얼마 남지 않아 서울 온 김에 쓰고 가기 위해서다. 그러니까 오늘 북촌시사 모임을 마치는 대로 곧바로 김포로 가 제주로 내려갈 예정. 경현에게 함께 먹으러 가자고 했지만 고개를 저었다. 아들들도 마찬가지이고…. 하기는 휴일인데 아침부터 어디 나가고 싶지는 않겠다, 그것도 식사 대용으로 케이크를 먹기 위해.

어쨌든 참 좋다. 모임에 나가는 길에 조금 일찍 나와 이 자리에 있는 것이기는 하지만 오랜만에 문화인이 된 기분이다.

그런데! 옆 테이블, 아까의 네 명 가족이 먹고 있는 게 당근케이크가 아니다! 언뜻 보기에는, 아마도 치즈케이크? 그런데 왜? 아들이 그렇게나 여러 번 당근케이크를 외쳐 댔는데?

알 수 없다. 부부만의(미루어 짐작컨대 다분히 엄마만의) 매우 교육적인 혹은 건강상의 계산이 있었지 싶다. 그 시절 내가 그랬듯. 그러니까 안 그래도 되는, 당시엔 심각하나 결국엔 큰 의미나 영향이 없는, 무척이나 뜻 깊은 우려 같은 것.

아코! 벌써 시간이! 당장 나가야 한다.

아뿔사 그리고 오 마이 갓!

"티슈에 물 묻혀서 내 눈 좀 닦아라."

"네…, 그런데 잘 안 닦이는데요?"

"아범은 잘 닦던데…."

"아범이 저보다 힘이 세서 그럴까요? 근데, 아버님 그게 아니고 아범, 대충 닦은 거 아니에요? 이런 거 아버님 눈에 잔뜩 달려 있는 걸 보면…?"

"그런 게 있어?"

다시 병원 응급실이다. 경현을 목욕탕(아라 사우나)에 보내고 온몸이 부은 채 눈곱을 잔뜩 달고 계신, 여전히 피부껍질을 떨어뜨리고 계신 아버님 옆에 앉아 있다.

병원에 오는 길은 조금 부산했다. 일찍 일어나기는 했다. 안달을 부리고 있을 경현이 걱정되어서였다. 문제는, 부탁받아 미리 챙겨 놓은 물건들(아버님 일기장, 경현 약과 속옷 등)과 내 속옷, 화장품 등을 쇼핑백에 넣고 들고양이 쟈스민의 밥과 물을 현관 입구에 내어놓은 뒤 재빨리 콜택시 회사에 전화할 때 일어났다. 7시 30분이었다.

"지금 차, 한 대도 없는데요. 다 시내 나갔어요."

아뿔싸! 차가 없을 수 있음을 생각 못했다! 결국 자비심 출중한 사장님이 직접 운전해 주는 차를 타고 하루 전 예약해야 실수 없음을 배우며 병원에 왔다.

아버님 병실이 드디어 정해졌다. 간병사도 구했다(일단 와 보기로 했다). '피부 박리가 거침없이 일어나고 있는 무지막지 뚱뚱한 환자'라는 내 구체적인 설명을 듣고도 와 보겠다 해 준 간병사에게 미리미리 감사다.

그런데…?! 피부과 선생님이 아버님 몸을 살피며 아무렇지 않게 피부를 만지고 계시지 않은가! 표정에는 안타까움이 가득하다. 마음속 깊은 곳에서 선생님을 향한 감사가 소용돌이치기 시작한다. 친절과 사명감과 직업의식과 전문성 등등에 대해서다.

"손에는 약은 바르지 말고 로션만 발라주세요. 너무 약해져 있어서 안 되겠어요. 몸과 다리엔 하루 두 번 발라주고요. 신장이 빨리 좋아져야 할 텐데…. 몸에서 독소가 나와 피부를 망가뜨리는 거거든요. 앞으로도 상당 기간 피부가 벗겨질 거예요. 여기 얼굴 피부처럼 이렇게 돼야 끝나는 거지요. 아직은 초기니까…."

오 마이 갓! 지금 이게 초기 상태라니! 그럼 중기 말기는 도대체 어떻게 된다는 것이란 말인가.

갑자기 힘이 빠진다. 아버님이 얄미울 때도 있는데 이번만큼은 아버님이 불쌍하다는 생각이 들면서.

2019. 10. 3

자전거와 킥보드

혁이가 오후에 집에 왔
다. 큰아빠가 엄청 아낀
다는 무지 비싼 자전거
를 타고서였다. 오랜만
의 방문이었다. 반가운
마음에 달려나가 혁이
를 데리고 부엌으로 갔
다. 에어프라이어에 냉동
감자를 넣어 돌리고 얼려놓은 케이크를 꺼내 녹이고 포도도
씻었다. 우유도 따르고 커피도 끓였다. 싱크대 위에 있던 (경
현이 나 먹으라고 삶아놓은) 계란 두 개까지 합쳐, 음식들을 몽땅

작업실로 옮겨 놓고 혁이와 마주앉아 이야기를 나눴다.

혁이는 같은 교회에 다니는 초등학교 5학년 남학생이다. 작년 크리스마스 연극 연습을 하며 모두들 꽤나 웃었었는데 혁이가 연년생 누나와 함께 능청맞다 싶을 만큼 연기를 잘 해서였다. 혁이 부모가 별거 상태이고 엄마가 베트남인이라는 것은 나중에 알았다. 오누이가 너무도 밝게 지내 생각지도 못한 일이었다. 하기는 혁이 오누이 곁에는 친구 같은 아빠는 물론 관심과 사랑을 넘치게 부어 주는 큰아빠와 큰엄마가 계시긴 하다. 가까이 할머니도 사시고….

"아빠가 담주 퇴원하는데 할머니 집에는 절대 안 갈 거예요."

"왜? 그럼 어떻게 할 건데?"

"우리 집에 갈 거예요, 한림에 있는 우리 집."

"아빠, 아직 손을 못 쓰신다면서. 식사 준비랑 청소랑 다 어떻게 하려고?"

"누나랑 제가 할 수 있어요."

혁이 아빠는 지난 봄, 비닐하우스 지붕에서 떨어져 큰 수술을 받았다. 아빠가 입원해 있는 동안 큰아빠와 할머니 집을 오가며 보살핌을 받는데 할머니와의 사이에 세대 간

갈등 같은 게 일어났지 싶다.

혁이는, 교회에 새로 나온 5살 연하의 여학생(그러니까 초등학교 1학년)과 사귀기로 했다며 여자친구 이야기도 했다.

"에이, 그 정도 나이차면 여자친구 아닌 거 아니야? 그냥 교회 여동생이라고 해야 할 것 같은데…?"

"아니죠, 나이가 무슨 상관이라고요. 집사님은 사랑엔 국경도 없다는 말, 못 들어보셨어요?"

"그럼 넌 그 여자친구랑 뭐하는데? 카톡?"

"아니요…. 카톡은 못해요. 여자친구 핸폰이 너무 후져서 카톡이 안 되거든요."

혁이가 여자친구와 할 수 있는 일은 별로 없어 보였다. 기껏해야 여자친구의 오빠가 꿀밤을 먹이려 할 때 막아주는 것 정도? 그것도 교회에 함께 있을 때에나 가능한 일이었다. 그럼에도 여자친구를 서슴없이 소개하며 큰소리로 자랑하는 혁이라니…. 명랑하고 활달한 그래서 대견한 혁이었다.

우유와 감자를 다 먹은 혁이가 갑자기 생각났다는 듯 나가자고 했다. 실은 자전거 타는 법을 가르쳐 주러 왔다며 큰아빠 주유소에 있는 작은 자전거라면 금방 배울 수 있을 거라고 했다. 일전에 내가 자전거를 탈 줄 모른다고 했더니 그게 맘에 걸린 모양이었다.

혁이는 큰아빠 자전거를 타고 나는 자가용 대용 킥보드를 타고 주유소로 달려(?)갔다. 킥보드마저 익숙하지 않은 나를 위해 혁이가 중간 중간 기다려줘야 했다.

"혁아, 이 자전거 너 이제 안 타잖아. 이거 그냥 집사님 드리지 그래?"

큰엄마의 말에 혁이 잠시 망설이다 그러자고 했다. 바퀴가 작은 자전거는 녹이 많이 슬어 있었지만 보자마자 맘에 들었다. 가벼운 것도 좋았다. 두 사람의 응원 속에 주유소 뜰에서 자전거를 굴려보았다.

삐뚤빼뚤, 삐뚤빼뚤….

이상하게도 넘어질 듯 넘어질 듯하면서도 넘어지지는 않았다.

주유소를 나와 혁이와 함께 다시 집을 향해 달려(?)갔다. 이번에는 나는 자전거를 타고 혁이는 킥보드를 타고서였다.

삐뚤빼뚤, 삐뚤빼뚤….

보다 못한 혁이가 나중에 평평하고 넓은 데서 연습하자며 그냥 끌고 가자고 했다.

"근데 왜 킥보드 안 타세요? 맨날 세워만 두시잖아요. 난 자전거보다 킥보드가 더 좋던데."

"어머! 너 킥보드 타는 거 좋아하는구나."

"네, 그런데 저 킥보드 타본 적 없어요. 지금이 처음이에요."

"그럼 잘 됐다. 우리 물물교환하자. 나는 니 자전거 갖고 너는 내 킥보드 갖고."

"정말이요? 정말 나 이 킥보드 가져도…?"

혁이의 조그만 얼굴이 환해지고 있었다. 내 마음도 가볍게 날아오르고 있었다

그랬다. 오늘은 혁이와 내가 최상의 물물교환을 한 날이었다. 아니, 최선의 심심心心을 교환한 날.

갯깍 주상절리대

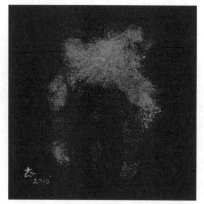

갯깍 주상절리대에 다
녀왔다. 신이 다듬은 듯
하늘로 뻗은 돌기둥 해
안이 1.75km나 이어지는
곳이다. 몽돌이 깔린 해
변은 걷기가 무지 힘들
었다. 근처에서 다른 볼
일을 보고 갑자기 들르
는 바람에 부츠를 신고 있어 더 그랬을 것이다. 덕분에 주상
절리柱狀節里(주로 현무암질 용암류에 나타나는 기둥 모양의 수직절리)를
충분히 감촉했다. 동시에 발밑의 몽돌도 확실히 느꼈다. 넘

어질까 무서워, 벽을 손으로 잡은 채 잘 고정되어 있는 몽돌에만 조심조심 발을 올려놓으며 걸어야 했기 때문이었다.

"내가 주상절리대 전체 모습 보여줄까?"

마누라를 내팽긴 채 사라졌던 경현이 갑작스레 나타나 카메라를 내밀었다. 뷰파인더에는 절리대 벽에 의지해 걷던 나로서는 상상할 수 없는 갯깍 주상절리대가 들어 있었다. 수직으로 무늬를 내며 짠 동그란 털실모자로도 보이는….

"멋지다. 근데 어디까지 가야 해?"

경현은 조금만 더 가면 사진 찍기 좋은 장소가 있다며 거기까지 가자고 했다. 과연, 조금 더 가니 길게 줄을 늘어선 사람들이 보였다. 줄은 입구가 넓은 굴로 이어졌는데 굴 끝 윗부분이 뚫려있어 울퉁불퉁한 바위 사이로 파란 하늘이 보였다.

나도 줄서기에 가담했다. 부조작품 같은 천장을 입 벌린 채 올려다보기도 하고 뜬금없이 나타난 나비를 눈으로 쫓기도 하고 사진 찍고 있는 다른 사람들의 포즈를 마음속으로 따라 해보기도 하면서…. 그런데 이상했다. 솔직히 사진 한 장 잘 찍자고 이렇게 긴 줄을 참아낼 사람이 아니기 때문이었다, 경현은. 어느새 30분이 지나고 있었다. 40분인지도 몰랐다. 하기는 분위기가 고즈넉하고 평화롭기는 했다. 사진 찍는 사람들을 구경하는 재미도 뜻밖에 좋았다. 사람들의 포즈는 비슷한 듯 달랐다. 만세를 부르기도 하고 하트 모양을 그리기도 하고 심지어는 뽀뽀를 하거나 포옹을 하는 커플도 있었다. 강아지를 안고 와 두 손 높이 올리는 부부도, 굳이 한 손에 가방을 들고 대大자 포즈를 취하는 청년까지 있었다.

드디어 내 차례, 무대(?)에 올랐다. 경현이 이리저리 사진을 찍었다. 뒷사람이 앞사람의 사진을 찍어주는 것이 자연스러운 불문율인 듯 내 옆에서 나와 함께 찍히기도 했다.

"이것 좀 봐 봐. 여기서는 젊은이나 늙은이나 다 비슷하지!"

경현이 보란 듯 들이민 카메라 화면에는 푸른 하늘을 배경으로 머리를 맞대고 있는 두 그림자가 그러니까 팔로 하트를 만들어 하나가 된 그림자가 둥근 아치에 감싸여 있었다. 말하자면 하등 특별할 것 없는 '비슷한 듯'에 해당하는 포즈. 그럼에도 기분이 좋아졌다, 다시 젊어지기라도 한 듯, 서로에게 포실포실하던 옛 마음을 되찾기라도 한 듯…. 경현이 자기 성격을 이겨가며 기다린 이유를 그제야 알 것 같았다.

2019. 12. 17

늑대 같은 남자가 좋아

신문 칼럼을 읽다 눈이 휘둥그레 커진다. 머릿속으로 무슨 소리냐며 황당해 하는, 기가 막힌다며 얼굴을 붉히는, 경현의 모습이 지나간다.

얼마 전 바람 문제로 회오리가 몰아쳤다. 친구 부부가 이혼을 들먹이며 크게 다퉜는데 그게 엉뚱하게 우리 부부에게 불똥을 튄 거였다. 결국 친구 문제는 오해였던 걸로, 그럼에도 빌미를 만든 건 사실이니 친구 남편이 친구에게 사과하는 것으로 마무리됐지만 듣는 내 기분은 시원하지 않았다. 이런 문제에 있어 지기知己는 그럭저럭 자신 있는데 지피知彼는 그게 가능이나 한 건지 불쑥, 의심하게 된 때문이었다. 결과는 괜스런 부부싸움. 처음부터 그러려고 한 것은 아니었다, 정말. 그 순간만큼은 그 무엇을 고백해도 다 용서해 줄 마음이 있었다. 모두 과거의 일이지 않은가.

머리를 흔들며 다시 칼럼으로 돌아간다. 늑대가 일부일처제로 살아간다는 내용의 칼럼이다. 내용을 조금 옮겨 보자면, 늑대는 처음 짝짓기한 상대와 평생을 함께한단다. 그 상대가 죽으면 새로운 짝을 만나는 경우는 있어도 곁에 두고 살면서 바람을 피우지는 않는다고. 미국 국립공원 옐로스톤에서는 암컷이 죽자 수컷 늑대가 함께 새끼들을 키우던 굴에 은거하며 사흘 동안이나 울부짖었다나. 6개월 후에는 암컷과 함께 살았던 지역에서 사체로 발견되었고. 일반화할 수는 없지만 사람보다 깊고 끈질긴 사랑이 아닐 수 없다.

그뿐이 아니다. 칼럼을 쓴 윤희영의 표현으로는 요람에서 무덤까지from cradle to grave, 늑대는 끝까지 극진하게 가족과 연장자를 보살핀다고 한다. 또 생각과 달리 늑대는 우두머리를 힘세고 용감한 순으로 따지지 않고 현명하고 영리한 순서로 뽑는다고. 이렇게 선발된 지도자는 위급한 상황이 벌어질 경우 죽음을 무릅쓰고 항상 선봉에 서는 것은 물론 전임자에게는 지혜와 경험을 구하고 패한 상대 늑대에게도 기회를 주어 무리에 힘을 보태게 한다고 한다. 우리네 정치판 모습과는 많이 다르다는 생각을 하지 않을 수 없다.

"쿠팡에서 안경 닦이 사려고 하는데 어떤 크기가 좋을 것 같아?"

스마트폰을 들여다보던 경현이 갑자기 묻는다. 마침 늑대 사회의 우두머리 수컷은 주요 결정(사냥을 언제 어디서 어떻게 할 것인가부터 굴을 파는 것에 이르기까지)을 암컷과 의논해 내린다는 부분을 읽을 때다.

"글쎄, 난 작은 게 좋을 것 같은데…. 쓰고 버려도 아깝지 않게…."

암컷의 지혜가 담긴 흐뭇한 대답이다. '아내 말 들어 손해 볼 것 없다'는 명언을 떠올리는 새삼스런 순간이다.

그런데, 뭐라고?! 내 참 기가 막혀서. 경현이 큰 거를 주문했단다. 아니, 그럼 왜 물어본 거야, 지 맘대로 할 거면!

4부

새꿈

먹는다는 것

음식의 맛이란 게 기껏 혀끝에서 목구멍에 도달하는 6cm 사이의 기쁨이란다. 그뿐인가, 혀에서 목까지의 두 치의 낙을 위해 마음을 쏟고 정신을 기울이는 것은 화장실에 충성하는 것이란다. 이 무슨 기가 찰 일인지…. 30여 년 반찬 하느라 애써온 걸 생각하면 억하심정마저 인다. 끼니를 챙긴다는 게 어디 쉬워야 말이다. 미리도 못하고 미루지도 못하고 몰아서도 못하는, 게다가 날이면 날마다 꼬박 세 번씩 닥치는, 일이지 않던가.

아니지! 차분해지자. 칼럼이 말하고자 하는 건 식탐을 줄이라는 말일 게다. 다산을 인용해 상추쌈을 예로 들며, 박한 음식을 진미로 속이라지 않는가. 또 제목부터 「물가유감

勿加惟减」이지 않은가. 음식이나 맛 같은 것에 괜한 힘 빼지 말라는 권유는 오히려, 안 그래도 그런 일에 시들해져가는 나에겐 신명나는 일일 것이다. 생각해 보라. 이보다 좋은 구실과 명분이 어디 있으랴.

그런데 이건 뭐지? 신문의 다른 면에서 '아프냐? 총알오징어도 아프다'라는 재미있는 문구를 발견한다.

대형 유통업체들이 총알오징어 판매 금지를 선언했단다. 그동안 새끼오징어에 '총알'이라는 이름을 붙여 일반 오징어와는 다른 종류인 듯 팔아왔는데, 의도치 않게 오징어 멸종에 가담하게 된 것을 안 소비자들이 비난 여론을 일으킨 때문이란다. 한편에서는 문어 오징어 등 두족류와 바닷가재 새우 등 갑각류와 같이 고등신경계를 갖고 있는 동물을 먹는 것, 혹은 산 채로 요리하는 것에 관한 논쟁도 일고 있단다. 운반을 위해 얼음에 넣어질 때조차 동물들이 극심한 고통을 느낀다는 것을 많은 사람이 알게 되면서다.

먹는다는 게 이렇게나 끔찍하고 징그러운 일이었다! 혀로 느끼는 그 짧디짧은 희락을 위해 아예 한 어종을 싹쓸이하는가 하면 살아있는 동물을 칼로 자르고 소금에 절이고 불로 지지고 기름에 튀기고 또…. 탐식이 문제가 아니라 아예, 먹지 않고 살 방법을 찾아야 할 판이다. 하지만 나도 알고 있지 않은가. 우린 인간이란 우주에 홀로 고립되어도, 빙하기를 견디는 기차 안에서도, 누명을 쓰고 감옥에 갇혀도, 사랑하는 아버지가 돌아가셔도, 꾸역꾸역 씹어 삼키는 존재인 것을….

슬그머니 친구의 얼굴이 떠오른다. 실은 아까부터 친구와 주고받은 말들이 머릿속을 떠다니고 있었다. 어쩌면 이 아침, 내가 신문 칼럼에 오버하는 것은 친구가 얼마 전 겪었다는 그 일 때문인지도 모른다.

"나 참, 속상해서…. 어제 저녁에 조기를 여섯 마리 구웠거든. 크기가 제법 큰 걸로. 니 생각엔 우리 집 식구 한 사람 당 몇 마리씩 먹어야 할 것 같니?"

친구의 식구가 셋임을 떠올리며 내가 대답했다.

"두 마리."

"그지? 어젠 사정이 있어 아버님이 먼저 식사를 하셨거든. 다 드신 것 같아 설거지하러 내려갔더니 글쎄 남은 조기가 세 마리밖에 없는 거야. 갑자기 부아가 나는 거 있지. 원체 식탐이 있으신 걸 알면서도 말이야. 마침 아버님이 방에서 나오시더라고. 내가 여쭸어. 조기가 작지 않았는데 세 마리나 드셨냐고. 아버님이 그러시는 거야, 물 컵을 식탁에 탁

소리 나게 올려놓으시면서. 먹다 보니 맛있어서 그랬는데 그럼 안 되냐고."

할 말이 없었다. 친구의 시아버지는 고도 비만이신 데다 신부전을 앓아 당신을 위해서라도 식사량을 줄이셔야 하기 때문이었다. 게다가 조기는 염장 생선이지 않은가. 그러나 이어지는 친구의 말은 그렇게 단순한 게 아니었다.

"첨엔 아버님이 너무 밉더라고. 무슨 일에든 당신만 생각하시니까. 그런데 설거지가 끝나갈 즘 되니까 참담해지는 거 있지. 결국 내가 화가 난 건, 내 몫의 조기 한 마리가 줄어들어서잖아. 순간, 내 자신이 어찌나 치사하게 느껴지던지…. 먹는다는 게, 어찌나 구차스럽고 혐오스럽던지…."

친구는 이제부터 생선을 먹지 않을 생각이란다. 그렇게나 좋아하던 생선을…. 만정이 떨어졌다는 게 이유다. 아휴 정말, 먹는다는 게 뭔지 모르겠다!

전화가 울린다. 큰녀석이다.

"응? 이번 주 토요일, 여기 제주 집에 오겠다고? 왜, 갑자기? 뭐? 소개하고 싶은 사람이 생겼어? 어머! 정말이야? 너, 지금 행복하구나! 엄마? 엄마도 당근 좋지. 근데 뭐가 이렇게 급해? 만난 지 얼마나 됐다고. 알았어, 알았어. 저녁 식사 함께 할 수 있게 준비해 놓을 게."

　가족들이 둘러앉은 식탁의 모습이 눈앞에 두둥실 떠오른다. 비혼주의자였던 큰녀석 옆에 예쁜이가 앉아있다! 입이 절로 벌어진다. 코로나 덕분이지만 내 손으로 직접 요리하게 된 것조차 싱숭생숭 흥분을 일으킨다. 전화를 끊자마자 대충 옷을 걸치고 서둘러 집을 나간다. 손님을 맞으려면 마당에 꽃도 좀 심고 오이소박이라도 담가놓아야 할 것 같아서다. 차를 향해 걸으며 이리저리 식단을 고민한다. 6cm를 가장 멋지게 아니, 맛있게 속일 수 있는 방법을.

　그러고 보니…? 그 조그맣고 빨갰던 녀석이 180이 넘는 건장한 허우대가 된 건 잘 먹어서일 것이다. 또 혀끝에서 목구멍 사이의 6cm에서만 맛을 느끼는 것도 아닌 것 같다. 코도 맛을 보고 눈도 맛을 흡수하지 않던가. 그것도 어떤 때는 혀나 입보다도 풍성히. 그뿐이랴, 두 치의 만족이라고는 하지만 그 시간이 결코 짧지 않다. 나만 해도 어디 하루 세 끼만 먹던가. 때로는 기억을 뒤져 언젠가 맛본 별미 풍미를 되새김질하기도 한다. 아니아니 그 무엇보다, 내 음식을 맛있게 먹는 모습을 볼 때의 충만감을 어찌 버리랴.

　큰일 날 뻔했다. 조금 전 칼럼을 읽으며 속으로 바랐던 알약으로 음식을 대체하는 세상, 취소다. 건강 같은 뻔한 이야기는 그만두고 당장 이번 손님맞이만 해도 맛있는 것이 끼지 않으면 그 얼마나 시시하고 멋쩍을까. 환대하고픈 내 마음은 또 어떻게 표현하고. 역시 화장실을 위한 게 아니었다, 음식을 만드는 노력과 맛내기에 쏟는 정성. 그것이 가족이나 다른 사람을 위한 것일 때는 더더욱….

　차에 시동을 건다. 부디 내가 시장에서 만날 고기가, 생선이, 또 오이 등등이 고통 없이 그 자리에 왔기를 바라면서다. 또 우리의 유쾌한 식탁에 식탐 같은 나쁜 것이 끼어들지 않기를 바라면서다.

새꿈

벙벙해져 이불을 걷어찬다. 새꿈을 꿨다. 아니, 새꿈 꾸는 꿈을 꿨다. 꿈에서 나는 자고 있었다. 내 방 내 침대에서였다. 근데 이상했다. 어렴풋이 내 머리맡에 무언가가 있는 듯한 느낌…. 눈은 감은 채 오른편 머리맡을 더듬어 봤다. 부드러우면서도 거친, 깃털 같은 것이 손에 잡혔다. 일어나 앉으며 쥐었던 손을 살짝 펴 보았다. 새가 있었다, 몸집이 아주 작은…. 베갯잇의 지퍼를 열고 새를 넣었다. 새가 몸을 웅크렸다. 다시 누웠다. 순간, 꿈이 깼다. 포개진 채 내 손바닥에 닿아 있던 새의 조그만 날개와 머리를 생생히 느끼면서였다.

침대에 앉아 빈 손바닥을 바라본다. 왜 이런 꿈을 꾸었을까? 어제 있었던 일 때문일까?

마당 여기저기 깃털이 날려 있었다. 고양이들 짓이지 싶어 당장 녀석들을 눈으로 찾았다. 구로와 기로가 나는 모르는 일이라는 듯, 한 놈은 화분 위에 올라앉아 한 놈은 현관문 앞에 엎드려, 느긋하니 해바라기를 하고 있었다. 마당을 돌며 구석구석 살펴보았다. 텃밭 앞쪽에 새 머리가 뒹굴고 있었다. 깃털 색과 크기로 보아 직박구리이지 싶었다.

흰 종이로 새를 보자기 싸듯 감쌌다. 대파와 상추 사이에서 발견한 새의 몸은 가슴 부분에 구멍이 뚫려있을 뿐 깨끗했다. 집 옆 공터로 가 호미로 흙을 파내고 새를 묻었다. 나란 인간, 정말 못 말리는 인간이라는 생각을 하면서였다. 『밀크맨』[8]의 장면을 떠올린 거였다. 폭발로 인해 잘린 고양이 머리를 발견한 소녀가 그냥 지나치지 못하고 들고 나와 묻어주는. 『밀크맨』을 읽을 당시엔 산책할 때마다 책을 들고 나갔다. 주인공 소녀처럼 걸으며 책 읽기 위해서였다. 하지만 어제 새를 묻은 건 단지 흉내 내기 위해서만은 아니었다.

집에 돌아와 마당 여기저기 흩어진 깃털을 빗자루로 모았다. 새란 말이 '사이'에서 왔을 거라는, 언젠가 읽은 문장이 생각났다. 그때 나는 하나님이 하늘을, 물과 물 사이의 궁창을, 창조하는 성경구절을 떠올리며 고개를 끄덕였었다. 과연 사이

---

8) 『밀크맨』, Anna Burns, 홍한별 역, 창비, 2019

를 제 공간으로 삼은 새에게 걸맞은 이름이라 생각해서였다.

아침 산책을 나선다. 구불구불 한가한 시골길을 타박타박 걷는다. 복잡한 내 머릿속과 달리 새소리만 드문드문 들릴 뿐 길이 하얗게 비어있다. 엉뚱한 생각이 머리를 스친다. 고양이 머리 묻는 걸 계기로 '상도常道'에서 좀 더 자유로워진, 그렇게 보이지 않는 폭력과 억압과 악의적 소문에 더욱 꿋꿋해진, 『밀크맨』의 소녀처럼 새 머리 묻은 나도 조금은 달라져야 하지 않을까 싶은 거다.

실은 후회하는 게 있다. 그 푸릇한 젊은 날, 내가 왜 그랬는지 모르겠다. 모험과 도전을 시도해 봄직한 그때, 나는 기껏 어른들이 좋아하고 교회의 가르침에 맞는 또 내 몸과 마음이 편안한 쪽으로만 내 자신을 끌고 다녔다. 집이 가난해서였을까? 대학을 졸업하려면 계속 성적장학금을 받아야 했고 그러려면 다른 데 한눈팔아서는 안 돼서? 어려서 함께 자란 동네 친구와 미리미리 해둔 결혼약속이 나를 가로막았는지도 모른다. 아쉽다. 나는 일찌감치 따뜻한 부뚜막에 오른 고양이였던 게다. 부뚜막에서 안온히 지내려면 끊임없이 부엌 주인의 눈치를 살펴야 함을 미처 모르는⋯.

고개를 저으며 들고 나온 책을 쓸어본다. 『내 몸속의 새를 꺼내주세요』,[9) 문정희가 쓰고 김원숙이 그린 시집이다. 표지에는 비스듬히 팔짱을 낀 하얀 원피스의 여인과 살짝 벌린 부리를 여인의 귀밑머리에 대고 있는 거대한 하얀 새가 그려져 있다. 전시장에서 본 그림에는 맨발에 매달린 여인의 그림자가 깃털에서부터 퍼져 나온 새의 그림자와 하나로 이어져 있었다.

김원숙의 그림을 좋아한다. 지난 가을엔 개인전 관람만을 목적으로 제주 발 서울 행 비행기를 탔을 정도다. 시집도 전시에 감명 받아 샀다. 그날 그림 속, 금방이라도 날아오를 듯 벼랑 끝에 선 여인 앞에서 내 얼마나 서성였던가. 뒤꿈치를 들고 양팔을 벌려 선 여인의 주변에는 여인을 도우려는 듯, 응원하려는 듯, 많은 새들이 날갯짓을 하고 있었다. 그때부터인지도 모르겠다. 내 안에 있는 높이와 멀리에의 충동 그러니까 날개 퍼덕이는 새의 마음을 새삼스레 느낀 건….

사선으로 두 팔을 벌려 올린 채 걸어 본다, 한 걸음에 고양이 두 걸음에 새 또 한 걸음에 고양이…. 고양이와 새의 마음이 앞서거니 뒤서거니 내 삶을 이끌어왔다는 생각을 하

---

9) 『내 몸속의 새를 꺼내주세요』, 문정희, 김원숙 그림, 파람북, 2021

는 거다. 나이를 먹어가며 고양이에서 새로 그 비중이 옮겨가고 있지만 말이다.

네 발로 기어올라 부드러운 회전으로 착지하는 고양이의 마음으로 나는, 이해를 따지고 지혜로운 판단을 내렸겠다. 성실한 생활인으로 살게 하는 이 마음은 나는 물론 가족도 편안케 하지 않았을까? 공중을 배회하고 선회하는 새의 마음으로는 '쓸데없는 짓'을 많이 했겠다, 오래오래 멍 때리고 거리를 방황하고 또 글도 끼적이고 낙서도 하고…. 이 마음으로 나는 만족감과 성취감, 행복감을 느꼈지만 글쎄, 가족은 어땠는지 모르겠다. 하기는 이 마음이 나에게조차 마냥 좋은 것만은 아니었다. 날개가 달린 이 마음은 나로 하여금 불행을 느끼게 하고 불만을 품게 하고 심지어 누군가를 원망하게 했기 때문이다. 새의 마음 같은 거 아무 쓸데없는 거라고, 당장 버리라고, 암묵적 지속적으로 강요하는 듯한 누구….

그런데 강요라고? 나, 나이에 어울리지 않게 어리광을 부리는 것 같다? 내 탓을 남 탓으로 돌리며? 그래, 말나온 김에 따져보자. 솔직히 너, 고양이로보다 새로 살아오지 않았니? 큰 날개를 갖지 못하고 또 작은 날개나마 맘껏 활개 칠 수 없었지만. 때로는 그 보잘것없는 날개마저 접어 감춰야 했고…. 아니지, 날개를 접어 숨긴 건 너 자신이지 않을까?

날아오르거나 날아내리기를 또 멀리 날아가기를 겁내 연신 두 발로 종종댄 바로 너 말이야. 어쨌거나 '내 몸속의 새'를 꺼낼 사람, 자기 자신뿐인 건 너도 알고 있지?

아코, 깜짝이야!

괴성에 놀라 떨어뜨릴 뻔한 책을 가까스로 다잡는다. 길옆 밭에서 꿩이 갑자기 날아오른 거다, 성급하게 날갯짓하며 무지막지 크고 해괴한 소리로 울어대며. 순간, 번개처럼 뇌리에 꽂히는 깨달음. 새들은 한 가지 방법으로 울고 날지 않는구나!

다시 걷는다, 저 멀리 새의 머리 같은 한라산이 날개인 양 좌우로 길게 뻗쳐 내린 능선을 바라보며. 눈 뜬 채 새꿈을 꾼다, 베갯잇 속에 넣어둔 내 작고 여린 새를 꺼내는 아니, 내가 작은 새가 되어 날개를 파닥이는. 그런데 이 무슨 박수소리? 아무도 없다고 생각했는데 이제 보니 새들이 엄청 많다. 동시에 일제히 날아올라 이 나무에서 저 나무로 옮겨 앉는 큰 무리의 작은 새들…. 그런데 이상도 하지? 이리저리 새들을 쫓는 눈이 다른 것을 본다. 지금 저기 저 풀섶의 아주 작은 사이, 좁디좁은 틈에 홀로 오도카니 앉아 있을 날개 작은 새, 새의 상도常道를 벗어나 날지 않는 자유를 누리고 있을….

제주는 지금 온통 노랑

호박떡을 앞에 두고 막무가내 제주의 봄으로 빠져든다. 이웃이 가져온 노란 떡으로 노란 상을 차려놓고 세상이 온통 노랑이라며, 이제 내 속까지 노랑으로 채워질 참이라며, 혼자 설레발치고 있다. 지금 바깥은 함빡 노랑투성이다. 밭은 물론 길에서도 공터에서도 아니, 눈길 닿는 곳마다 유채가 한들한들 노란 꽃잎을 흔들고 있다. 브로콜리 밭에서는 유채와는 또 다른 노랑이 등불인 양 사방을 비춘다. 상품이 되지 못해 밭에 남겨진 초록 주먹들이 십자형 레몬 노랑을 무수히 틔워 올린 거다. 그뿐인가, 양배추 밭에서도 그 단단한 보자기를 뚫고 올라온 꽃대가 병아리색 노란 꽃들을 여기저기 흩뿌리고 있다. 하다못해 우리 집 마당의 조그만 텃밭도

한 귀퉁이가 한껏 노랗다. 수확 시기를 놓친(정확히는 김치 담그기를 미루다 방치된) 배추가 높디높은 꽃대 위에 해바라기노랑으로 꽃을 피웠다. 집 입구의 조그만 꽃밭에서는 수선화가 그여리고 순한 노랑 봉오리를 비스듬히 기울이고 있다.

푸른 차와 함께 노란 떡 한 조각을 입에 넣는다. 봄을 연두나 초록이 아닌, 노랑으로 떠벌리는 것은 내가 제주 중에서도 시골에 살고 있기 때문이리라. 보리며 마늘이며 월동배추 파 콜라비 등 겨울에도 푸릇한 작물들 틈에서 연두로 봄을 말하기는 새삼스럽다. 들이나 오름의 해묵은 억새들까지 빛바랜 노랑이라 우기며 노랑 대열에 끼워 넣는 건 살짝 억지임을 인정하지만 말이다.

떡 두 조각을 한꺼번에 입에 넣고 책장으로 간다. 『THE COLOR』[10]를 뽑아들고 노란색 부분을 펼쳐 읽는다.

많은 문화권에서 태양을 그릴 때, 그 빛과 열을 연상시키는 노랑으로 그립니다. 노랑은 풍요로움을 뜻합니다. 빛나는 노랑은 봄에 다시 피어나는 꽃의 색이자 가을 추수의 색이며 황금의 색입니다.

---

10) 『THE COLOR, 세계를 물들인 색』, Anne Varichon, 채아인 역, 이종문화사, 2012

저자 안느 바리숑에 따르면, 태양과 황금의 색이면서 행복신 권력의 의미를 가진 노랑은 모순의 색이다. 시대와 상징에 따라 배척 차별 배반의 색이 되기도 했기 때문이다. 서구 크리스트교인의 입장에서 노란색은 이교도인 이슬람교도의 색(이슬람교도들도 그들 입장에서 이교도인 그리스도인과 비잔틴인을 '샤프란 사람들'이라고 불렀다고 한다)이었다고 한다. 예수를 배반한 유다의 옷은 대개 노란색으로 칠해졌고 나치 독일치하의 유대인이 가슴에 달아야 했던 다윗의 별도 노란색이었다고…. 하기는 축구장에서 심판이 드는 경고 카드의 색도 노랗지 않던가.

쓱쓱 책을 읽어 넘기다 흥미로운 부분을 발견한다. 고대 이집트에서부터 19세기까지도 사용했다는 미라 노랑mummy yellow에 관한 것이다. 바리숑은 이 색이 매우 무서운 색이라고 한다. 이집트 공동묘지에서 얻은, 수지나 역청에 담가둔 아마천 붕대와 건조된 미라의 피부를 갈아서 얻는 색이기 때문이다. 놀라운 것은 이 색이 어두운 노란색과 밝은 갈색 사이의 색이라는 것. 그러니까 이 계절의 억새가 노란색 맞다는 말씀!

책을 제자리에 넣고 자리에 돌아와 앉는다. 괜히 우쭐해져 본격적으로 떡과 차를 먹고 마신다. 갑자기 그림이 그리고 싶어진다. 고갱의 〈해바라기〉나 고흐의 〈노란 그리스도〉 처럼 노란색을 왕창 사용해서다.

생각해 보면 그림은 참 신기한 작업이다. 생명 없는 종이 와 캔버스와 목판에 생명을 불어넣기 때문이다. 아니, 생명 이란 표현은 과하겠다. 오라 정도로 말하는 게 좋겠다. 그림 속 고양이라 해도 그 눈을 칼로 찌르기는 쉽지 않아서다. 그 저 종이 위의 데생일 뿐이라 해도 사랑하는 사람의 얼굴을 훼손하기는….

실제 나무를 보는 것보다 나무 그림을 보는 게 더 멋지다는 것을 아는 자였지요.

『내 이름은 빨강』[11] 속 오르한 파묵의 문장이다. 나 또한 그림을 보며 받는 감동이 실재實在를 볼 때보다 큰 경우가 많다. 그렇다고 '그림은 신의 기억을 되찾는 것이며, 세상을 그가 본 대로 다시 보는 것'이란 말에 동의하는 건 아니다. 나는 그림이 피조물의 창조물(혹은 모사물)이기에 그렇지 싶다. 창작자의 차원이 감상자와 같아 작품 이해가 쉽고 감상이 편안하다고 생각하는 거다. 그러니까 나무 그림을 실제 나

---

11) 『내 이름은 빨강』, Orhan Pamuk, 이난아 역, 민음사, 2019

무의 창의성 넘치는 안내서나 상상력 풍부한 해설서로 보는 것이다.

그런데 이거 불경不敬은 아닌지 모르겠다. 갑자기 하나님이 자신의 형상대로 사람을 만들었다는 성경구절이 생각나면서 그 형상이란 것의 대개가 '만들기 좋아함'이 아닐까, 싶어진 거다. 그래서 진흙을 빚는 신의 손가락처럼 우리도(나도) 허구한 날 눈만 뜨면 조몰락조몰락 무언가를 만들어대는 것은 아닌지. 또 창조 후 '좋았다' 말씀하신 신을 닮아 나도(우리도) 결과물을 향해 '이만하면 괜찮네' 자화자찬하는 것은 아닌지. 그리고 보면 우리가 너도 나도 끊임없이 이야기를 지어내는 것 또한 말씀으로 세상을 창조하신 그분을 닮아서인지도 모르겠다.

아코 이런! 내가 다 먹어버렸다, 그 많은 떡을!

벌떡 자리에서 일어나 밖을 내다본다. 알았다고 먼저 먹고 있으라, 말하곤 오리무중인 남편을 눈으로 찾으면서다. 그런데 지금 텃밭에서 남편이 들고 있는 저 노랑노랑은 배추꽃?

옷장을 열어 굳이 연노랑 카디건을 찾아 입는다. 이제부터 지상에서 노랑 한 자락을 베어낸 남편은 텃밭에 내버려두고 속도 노랗고 겉도 노란 사람이 되어 하나님이 펼쳐 놓은 노랑 세상으로 어물쩍 스며들 참이다. 접시에서 뱃속으로 순간 이동한 노랑 한 접시가 나를 배반하는 옐로가 되지 않도록 마을의 올레나 걸어볼 작정….

아참, 빼먹었다. 제주의 봄, 길 가장자리와 모퉁이를 노랗게 장식하는 꽃 중엔 개나리와 민들레도 있음을.

뱀장어의 시간

∅

바다 속을 떠다닌다. 부유浮游는 나의 일. 좌우로 납작한 버들잎 모양의 몸이 물살에 떠밀린다. 작고 무게가 없는 내 몸은 색깔 없이 내장이 훤히 들여다보이게 투명하다. 둥글고 큰 눈은 아무것도 섞이지 않은 순수한 검정이다. 내 몸이 조금씩 자란다. 낮에는 좀 더 높은 곳에서 밤에는 좀 더 낮은 곳에서 나와 비슷한 녀석들과 함께 떠다닐 뿐인데, 하릴없이 입을 벌리고 닫을 뿐인데, 몸이 자꾸 커진다. 급기야 어느 날은 몸이 변하기까지 한다. 나뭇잎처럼 납작하던 몸이 얇은 유리막대 모양으로 바뀌어버린 것이다. 부피를 갖게 되어서일까. 설렘이 솟구친다. 부유가 아닌, 추진의 충동으로 앞으로 나아간다, 멀리멀리 끝도 없이.

바다를 벗어나 강을 거슬러 가에 풀이 무성한 고요한 개울로 빠져든다. 바닥에 엎드려 긴 시간을 보낸다. 한기가 느껴진다. 진흙에 몸을 묻고 싶다. 길 너머의 늪을 향해 몸을 뭍으로 끌어올린 순간, 달빛에 온전히 드러난 내 몸! 구불구불 두툼한 황갈색 외피에 스스로 감탄하며 옆구리로 폴짝 내려앉는 개구리를 반사적으로 삼킨다. 세월이 흘러간다. 먹고 기다리는 날들을 반복한다.

진흙에서 자연발생 하는 생명체가 있다고 하면, 그렇게 기적처럼 갑자기 생겨나는 물고기가 뱀장어라고 하면 믿을 사람이 있을까? 그런 주장을 한 사람이 그 누구도 아닌 아리스토텔레스라면? 그뿐인가. 뱀장어가 생식 기관을 통해 알을 낳는다는, 그 당연해 보이는 사실을 18세기 중반이 되어서야 겨우 밝혀냈다고 하면?

뱀장어에 관심을 가져본 적이 없다. 일본에서 지낼 때, 덮밥의 형태로 몇 번 먹어본 적은 있지만 내 입에 맞지 않았다는 기억이 있는 정도다. 맛보다 식감이 싫었던 것 같다. 잘디잔 가시들이 씹히는 듯한…. 외모도 맘에 들지 않았다. 뱀을 연상시키는 기다란 몸과 동자가 작은 흐릿한 눈과 만지면 끈적끈적 체액이 묻어날 것만 같은 미끈한 피부라니! 그랬던 내가 책[12]을 읽고 뱀장어의 신비에, 그 매력에 홀딱 반해 버렸다. 녀석에 대해 아무 것도 모르고 있음을 아니, 모르고 있음도 모르고 있었음을 부끄러워하면서 말이다. 심지어 내 자신 뱀장어가 되어 바다로 강으로 헤엄쳐 다니기까지 하지 않았던가.

책에 따르면, 지금까지 어떤 인간도 번식하는 뱀장어 그러니까 다른 뱀장어의 난자를 수정시키는 뱀장어를 보지 못했다. 당연히 잡은 뱀장어를 산란하게 만들지도 못했다. 사르가소해가 유럽뱀장어Anguilla anguilla의 부화장소라고 추정하는 건 그곳에서 버들잎 모양(렙토세팔루스) 유생의 가장 작은 표본이 발견됐기 때문이다. 아무도 왜 뱀장어가 고집스럽게 그곳에서만 번식하는지, 어떻게 뱀장어가 사르가소해로 돌아가는 길고 고된 여정(무려 6,000km)을 견뎌내고 길을 찾는지, 알지 못한다. 또 뱀장어는 번식 직후 죽는 것으로 알려져 있지만 번식지에서 성적으로 성숙한 뱀장어를 본 사람은 없다. 뱀장어의 여러 변태의 목적도, 뱀장어가 얼마나 오래 사는지도, 완전히 알아내지 못했다. 그러니 나의 설레발에는 인간의 한계가 이렇게나 가까운 가에 대한 좌절도 어

---

12) 『삶, 죽음, 그리고 세상에서 가장 신비로운 물고기』, Patrik Svensson, 신승미 역, 나무의 철학, 2021

렴풋이 섞여 있을 것이다.

그러나 그 무엇보다 나를 흥분시킨 건 뱀장어가 '원래 정해진 대로 삶이 흘러가지 않으면 모든 것을 보류하고 죽음을 거의 무기한으로 미룬다'는 점이다. 1980년대에 아일랜드에서 연구를 진행하며 사르가소해로 향해 가는 뱀장어들을 다수 잡았는데 그 나이가 가장 어린 뱀장어는 단 여덟 살인 반면 가장 많은 뱀장어는 쉰일곱 살로 다양했다고 한다. 이를 통해 뱀장어들이 환경이 맞지 않으면 은뱀장어로의 마지막 변태를 무기한 연기함을 알아냈다는 것이다. 사르가소해로 돌아갈 여건이 되지 않으면 끈기 있게 생식을 미룸을, 무한정으로….

깊은 바다 속을 상상해본다. 빛도 스미지 않고 물결도 일어나지 않는, 사건도 경험도 기억도 만들어내지 못하는, 고요한 해저의 시간을 더듬어 본다. 뱀장어를 삶의 마지막 경로로 들어서게 하는 그 신비로운 끌림을 상상해 본다. 그런데 이상도 하지. 검은 바다의 시간이 엉뚱하게 저 세상 밖의 시간을 소환한다. 엄마의 자궁에 안착하기 전의 내 캄캄한 시간을…. 푸름이 쌓이고 쌓여 어둠이 된 심연深淵을 뱀장어가 거슬러 오르듯, 푸름이 흩어지고 흩어져 빛이 된 저 천

공天空으로부터 내가 떨어져 내리는 거다. 아니, 빈 하늘이란 말 그대로 공허空虛. 그곳 또한 감감한 적막이려나?

의문이 자연스럽게 방향을 바꾼다. 형태 무無의 아무 것도 아니었던 나는 무엇을 어떻게 기다리다 낙하落下를 결심했을까가 궁금해진 거다. 신이 건드렸을까? 엄마가 불렀을까?

아니지! 뱀장어의 기다림의 시간은 출생 전의 나보다는 소멸 전의 나에게 빗대어야 적합할 성 싶다. 개체마다 다른 그 두 기다림의 방향이 공통적으로 죽음을 향하고 있기도 하지만 작금의 의료 상황이 노년의 삶을 길게, 조금 과장하자면 무한에 가깝게도, 늘릴 수 있기 때문이다. 아닌가, 이것도?

고개를 저으며 다시 뱀장어로 생각을 돌이킨다, 사르가소 해를 향해가는 그 비장한 여정이 여전히 깊은 바다에 숨겨져 있는. 뱀장어는 생명을 향해 가며 어쩌면 죽음을 향해가며 결코 서두르거나 속도를 늦추지 않는다고 한다. 더 이상 사냥하지도 먹지도 않는다고 한다. 의미심장한 최후가 아닐 수 없다. 사르가소해에 무사히 당도할 뱀장어가 얼마나 될까를 생각하면 더욱 그렇다.

아닌 게 아니라 낮에 마트에 갔다, 껍질이 벗겨진 채 돌돌 말려 있는 뱀장어를 보았다. 어쩌나 마음이 착잡하던지….

그러나 곧 생각을 고쳐먹었다. 생명을 낳는 일만큼이나 다른 생명을 돕는 일도 의미 있는 일이려니 싶어서다. 또 뱀장어 또한 변태하고 성장하는 과정에서 다른 많은 생명을 필요로 했을 테지 싶어서다. 그렇다면 나는…? 과연 나는 생명을 낳고 생명을 돕는 일에 어떠했고 또 어떠한 걸까?

조심스레 이것만이라도 하자, 마음먹는다. 인생의 마지막에 다다랐을 때 배에서 욕심과 음식을 끊어내는, 고요히 기다리다 결연히 먹기를 중단하는, 그런 아름다운 단심丹心을 품는 것만이라도…. 뱀장어처럼.

천사의 뒷담화

책을 놓아두고 가방에서 소포장 견과를 꺼낸다. 아몬드를 조심스레 씹으며 창밖의 흐린 풍경을 내다본다. 서울에 와 오랜만에 KTX를 탔다. 반가운 사람들과 긴요한 일들에 시달리다 오늘 하루, 내 자신을 피난시킬 겸 광양으로 《루오 전》을 보러가는 길이다. 요람인 양 기차에 흔들리며 쉬어 보려는 속셈. 그런데 앞좌석의 두 여인, 오랜 지기처럼 소리를 낮춰 소곤대고 있다? 서로 다른 역에서 탔고 자리에 앉고서도 한동안은 조용했는데? 어라, 젊은이가 '그땐 정말 죽고 싶더라고요'라고 말한 것 같다? 나이든 여인은 '많이 힘들었겠어요'라 응수하고? 슬며시 웃음이 나온다.

나는 뒷담화를 좋아한다. 뒷담에 잔잔히 돋아난 꽃花들처

럼 가까이 소리 낮춰 주고받는 두런두런한 이야기話…. 나도
안다, 뒷담화란 게 그렇듯 몰랑몰랑 애잔한 것이 아님을. 몇
년 전, '뒷담화만 하지 않아도 성인'이라는 프란체스코 교황
의 말을 듣고 놀라 사전을 찾아본 적이 있다. 그때까지 뒷담
화를 '나중에 혹은 뒤에서 나누는 이야기' 쯤으로 알았던
때문이다. 과연 그 뜻은 고약하고 사나웠다. '남을 헐뜯는
행위 또는 그러한 말'이라니….

순간, 억하심정이 들었다. 그런 의미라면 비방이라든가 중
상모략이라든가, 보다 선명히 다가오는 단어들이 많지 않은
가! 그래서 정해버렸다. 나에게는 뒷담화가 여전히 뒷담의
꽃花이고 이야기話라고. 당시 혹은 당사자 앞에서는 감히 혹
은 겸연쩍어 하지 못한 말을, 뒤늦게 혹은 그 사람 없는 데
서 구시렁대 보는 조금은 비겁하고 소심한 뒷말이라고. 내게
는 그런 순하고 부드러운 말 나눔이 필요해서다. 남을 해하
는 험담이나 고자질이나 비밀 누설과는 거리가 먼, 은근 억
울해지거나 슬쩍 미안해져서 혹은 떠버리고 싶어져서 벌이
는 소소한 말잔치가. 말로나마 기분을 인정받고 시샘 없이
응원 받고 싶은 게다, 나란 작자.

문제는 뒷담화 상대다. 나는 말하고 털어버렸는데 상대가
계속 문제에 머물면 곤란하니 기억력이 좋지 않아야 하고

내가 원체 자기중심적 나르시시스트임을 알고 있어 내 말을 곧이곧대로는 듣지 않는 사람이어야 하는데, 그런 사람 찾기가 쉽지 않아서다. 그뿐인가, 문제 해결이나 영향력 행사에 과감한 의협파적 행동파도 대상에서 빼야 한다. 내가 바라는 건 가벼운 동감 그 이상도 이하도 아니기 때문이다. 그러니 뒷담화가 말처럼 쉽지 않다. 덕분에 내 일기장만 고생한다. 격정과 변덕의 하소연을 받아줘야 하기 때문이다. 하나님도 수난이다. 고상한 언어로 꾸민들 고자질과 청원이니 얼마나 시끄러우랴. 내 뇌 주름 자문자답 영역은 닳다 못해 매끈 반반해졌으리라. 지금만 해도 뒷담화에 대한 뒷담화를 너저분히 새기고 있지 않은가.

그런데 나만 연연하는 걸까? 사람들 정말, 내 식의 뒷담화 없이 세상을 견디는 걸까? 하기는 나도 청년 때는 뒷담화 같은 거 안 했다. 내 감정을 밝히고 내 생각을 드러내고픈 혈기에 오히려 입씨름에 즐겨 끼곤 했다. 하지만 말 화살에 자꾸 자주 쏘이면서 알았다. 노골적이고 직선적인 앞담화(?)가 사람을 얼마나 위축시키는지. 언제부턴가는 아예, 속으로지만, 사람들에게 뒷담화를 부탁하는 나다. 일이 아닌, 품성이나 태도나 외모나 취향에 대한 흉은 제가 없는 데서 보아주십사…. 그런 것은 수긍은 할지언정 바꾸기 어려운 것들이기 때문이다. 어쨌거나 이즈음 내 뒷담화 사정도 바뀌고 있다. 나이가 들어서인지, 사건이 없어서인지, 입보다는 귀를 많이 쓰고 있다.

"선생님, 감사합니다. 선생님은 오늘 제게 천사셨어요. 저 정말 죽고 싶을 정도로 낙담했었거든요."

잠결, 속눈썹 사이로 앞좌석의 젊은이가 스치듯 지나간다. 그리고 보니 다음 역이 순천. 책과 필통을 서둘러 챙기는데 천사라는 말이 귓바퀴를 맴돈다. 알 것도 같다. 다시는 만나는 일 없지 싶은 사람이기에 털어놓을 수 있는 부끄럽거나 원망스러운 사정…. 말하지 않고는 견딜 수 없어 터뜨린 그것들을 내 편이 되어 들어준 사람에 대한 감사…. 먹먹해져 가방을 닫는데 돌아가는 길, 옆자리가 벌써 궁금하다.

벗은 몸 입기

아들이 스마트폰을 내민다. 요즘 시간이 날 때 미술사와 관련해 글을 쓰고 있다는 말과 함께다. 폰을 받아들고 화면을 들여다본다. 마르셀 뒤샹Marcel Duchamp이다. 아들에게 엄지를 올려주고 글을 읽는다.

눈이 흠칫 커진다. 올려놓은 작품 사진 중 괴이한 것이 있어서다. 방 하나 크기로 구성한 뒤샹의 마지막 디오라마, 세상을 떠나기 전 이 작품의 존재를 알았던 사람이 단 네 명이었을 정도로 비밀리에 작업을 진행했다는 〈에탕 도네〉다. '주어진: 1. 폭포, 2. 가스등'으로 해석된다는 이 작품에 내가 과민 반응하는 것은 아마도 제 발이 저려서일 것이다.

내 글쓰기를 천천히 옷을 벗는 작업이라고 생각한 적이 있다. 많은 사람 앞에서 하는 진지한 누드 공연이라고⋯. 지극히 개인적인 경험과 생각을 글감 삼는 나의 글쓰기 방식이 마치 옷을 벗어 맨몸을 있는 그대로 드러내는 것 같아서였다. 부끄러웠던 것이다.

누드라 표현한 것은 존 버거의 『다른 방식으로 보기』[13]의 영향이었다. 그는 누드nude가 벌거벗은 몸naked과 다르다고 말한다. 아무것도 숨기지 않는 벌거벗은 몸과 달리 누드는 시선의 대상이 됨으로써 그 몸을 이용하도록 자극하는 또 다른 형식의 복장(벗은 몸)을 입는 것이라는 것이다. 그러니까 내 글쓰기를 옷 벗는 작업이라고 말하며 그것을 누드공연이라 덧붙인 것은 내 경우, 경험한 일을 혹은 겪은 사건을 가감 없이 있는 그대로 쓴다는 것이 불가능함을 알고 있기 때문이다. 노력은 하지만 글 속 인물들에게 절대 공정하기도 정황 묘사에 완전 사실적이기도, 쉽지 않음을 깨달은 때문이다. 편파적으로 재조립되곤 하는 기억과 곧잘 빠져드는 상상과 공상이 왕왕 사실을 왜곡시킴을 내 스스로 인정하는 것이다.

---

13) 『다른 방식으로 보기』, John Peter Berger, 최민 역, 열화당, 2012

그런데 어느 날 뜻밖의 일이 생겼다. 우연히 책[14]을 읽다 '아무 것도 걸치지 않은 순수한 몸은 사람의 몸이 아니다'[15]라는 문장을 발견했다. 순간, 머릿속에서 반짝 켜지던 불빛이라니! 옷 벗기라는 표현을 우세스러워하던 차에 찾은 맞춤한 돌파구였다. 벌거벗은 몸에 하나 둘 무언가를 걸치며 진정한 의미의 자기 자신이, 유일하고 고유한 몸이, 되어간다고 내 맘대로 해석한 것이다. 생각해 보면, 얼기설기 글 뼈대를 세워 놓고 거기서부터 천천히 조금씩 생각과 논리를 발전시켜 나가는, 또 그 뼈대에 에피소드를 붙이거나 떼어내며 하고 싶은 말을 다듬어 가는, 내 글쓰기 방식은 옷 벗기보다는 오히려 옷 입기 작업인지도 몰랐다. 엉성하기 그지없는 초고와 그보다는 많이 나은 완성작 사이의 터무니없을 정도의 차이가 그것을 증명했다. 그때부터였다. 실제로 묻는 사람은 없었지만 내 글쓰기가, 과거로부터 불러낸 에피소드를 새롭게 통과하며, 또 지나가고 있거나 다가올 시간을 늘리고 당겨 살며, 뭣도 모르는 천둥벌거숭이 내가 제법 그럴듯한 무언가로 창작되어 가는 과정으로 말하여지기 시작한 것은.

14) 『사람, 장소, 환대』, 김현경, 문학과 지성사, 2015
15) 『젠더 트러블』, Judith Butler, 조현준 역, 문학동네, 2008

이런 나였으니 벌거벗은 몸을 보는 순간 또 안을 들여다보는 눈구멍을 보는 순간, 마음이 졸아붙는 것은 당연한 일일 터였다.

아들에게 잘했네, 칭찬하며 스마트폰을 돌려준다. 혼자 있게 되자마자 내 폰으로 〈에탕 도네〉를 검색해 사진을 들여다본다.

낡은 나무문에 두 개의 구멍이 있다. 구멍으로 안을 들여다보면 눈앞에 이상한 전경이 펼쳐진다. 앞쪽으로 마른 나뭇가지 위에 벌거벗은 여인(돼지껍질로 만들었다고 한다)이 다리를 벌린 자세로 누워 있고 뒤쪽의 벽면에는 시원하게 물이 떨어지고 있는 포토콜라주가 배경처럼 걸려 있다. 여인의 손에는 가스등이 들려 있다.

내 자신, 〈에탕 도네〉 앞에 서는 상상을 해 본다. 조심스레 구멍에 눈을 갖다 댄다. 글쓰기를 옷을 벗고 입는 것에 빗댄 사람이라면 의당 엿봄을 당하는 편이 되어야겠지만 망측한 여인의 자세가 나를 작가보다는 독자의 입장이 되게 한 것이다. 여인의 가슴과 배가 보인다. 음부와 왼쪽 넓적다리와 왼팔과 손도 볼 수 있다. 그리고 손에 들린 가스등과 배경처럼 펼쳐진 폭포도…. 여인의 얼굴과 오른팔과 두 발은

이리저리 노력해 보지만 볼 수가 없다.

과연 그렇다는 생각이 머리를 스친다. 나 또한 작가가 의도한 것들을 곧잘 놓치지 않던가. 작가의 깊이에까지 가닿지 못하지 않던가. 지력과 상상력, 동감능력 등 내 자신의 한계에 가로막혀서다. 내가 가진 문학적 예술적 소양이 구멍만큼이나 옹졸해서….

그런데 여인은 왜 하필 손에 가스등을 들고 있는 걸까? 어둠에 묻혀버린 자기 모습을 조금이나마 환히 드러내고 싶은 걸까? 숨겨진 의미와 생각과 이미지를 선명하게 밝히고 싶은 걸까? 그렇다면 흘러내리고 있는 폭포는 무엇을 의미할까? 폭포는 곧잘 올곧음이나 힘참, 맞섬 등을 상징하니까, 변함없이 지속하는 그 무엇을 나타내곤 하니까….

잘 모르겠다. '주어진' 1과 2로 폭포와 가스등이 제시된 것을 보면 이 둘을 알아야 작품을 제대로 이해할 수 있지 싶은데…. 다시 스마트폰을 집어 들고 〈에탕 도네〉를 검색한다. 이 신문 저 블로그를 돌아다니다 벌거벗은 여인이 가스등 대신 연필을 쥐고 있는 컬러 사진을 발견한다. 그리고 보니 〈에탕 도네〉가 글쓰기와 관련되어 있다는 설명은 지금껏 본 적이 없었다! 그러니까 내가, 이 컬러 사진을 보지 않은 상태에서 관람자를 독자로 환치한 것은 작가의 의도를 꿰뚫은 통찰…? 뭔가 뻐기는 마음으로 블로그[16]의 설명을 꼼꼼히 읽어본다. 그러다 허걱 놀란다!

펜슬과 페니Δ는 라틴어로 어원이 같단다. 그러니까 여인이 들고 있는 가스등은 페니Δ를 상징하고 폭포는 정력적으로 솟구쳐 나오는 남성의 체액 그러니까….

한숨이 나온다. 뒤샹이 왜 그런 작업을 했는지, 〈에탕 도네〉를 통해 그가 말하고 싶은 것이 무엇인지, 알 수 없어서가 아니다. 아니, 그도 그렇지만 더 큰 이유는 내 글쓰기가, 천둥벌거숭이가 복장을 갖추어 나가는 과정이든 반대로 하나씩 벗으며 누드가 되어 가는 과정이든, 속살 보이기를 면치 못한다는 자괴감 때문이다. 그럼에도 불구하고 방금 노트북을 연 때문이다. 이런 어이없는 에피소드도 글감이랍시고 활자를 두들기기 시작했기 때문….

그래, 부끄러워도 어쩔 수 없다. 내게 글쓰기는 벌거숭이의 옷 입기다. 벗은 몸 입기.

---

16) 임근준(이정우)/leftovers of t...